神死在尼罗河畔

GOD
DIES
by the Nile

[埃] 纳瓦勒·萨达维 著 | 蒋慧 译

图书在版编目（CIP）数据

神死在尼罗河畔 / (埃及) 纳瓦勒·萨达维著；蒋慧译. -- 北京：北京联合出版公司，2024.3（2024.9重印）
（面纱下的女性）
ISBN 978-7-5596-7333-6

Ⅰ.①神… Ⅱ.①纳… ②蒋… Ⅲ.①中篇小说—埃及—现代 Ⅳ.①I411.45

中国国家版本馆CIP数据核字(2023)第253701号

God Dies by the Nile and Other Novels by Nawal El Saadawi
Copyright © 1974, 1985, 2007, 2015 by Nawal El Saadawi
This edition arranged with Red Rock Literary Agency, on behalf of Zed Books through Big Apple Agency, Labuan, Malaysia.
Simplified Chinese edition copyright © 2024 Ginkgo (Beijing) Book Co., Ltd.
All rights reserved.
本书中文简体版权归属于银杏树下（北京）图书有限责任公司
北京市版权局著作权合同登记　图字：01-2023-5445

神死在尼罗河畔

著　　者：[埃及]纳瓦勒·萨达维	译　　者：蒋　慧
出 品 人：赵红仕	选题策划：后浪出版公司
出版统筹：吴兴元	编辑统筹：周　茜
责任编辑：龚　将	特约编辑：袁艺舒
营销推广：ONEBOOK	装帧制造：墨白空间
排　　版：龚毅骏	

北京联合出版公司出版
(北京市西城区德外大街83号楼9层　100088)
北京盛通印刷股份有限公司印刷　新华书店经销
字数291千字　787毫米×1092毫米　1/32　20.875印张
2024年3月第1版　2024年9月第3次印刷
ISBN 978-7-5596-7333-6
定价：158.00元（全四册）

后浪出版咨询(北京)有限责任公司版权所有，侵权必究
投诉信箱：editor@hinabook.com　fawu@hinabook.com
未经书面许可，不得以任何方式转载、复制、翻印本书部分或全部内容
本书若有印、装质量问题，请与本公司联系调换，电话010-64072833

作者序

六七岁时，我听说，有个可怜的农家女孩投尼罗河自尽了——生前她在村长家干活。祖母悄悄跟我的母亲说了一些话，我听不明白。十岁时，我听说另一个女孩趁夜色逃走了。她也是那个家里的女佣，当时十四岁，怀了孕。没人指责村长，除了一个打算与女孩结婚的年轻农民。农民被枪杀在田里，无人因此被捕。有次我梦到村长进了监狱，罪名是强奸女仆和掠夺妇女的收成。我告诉了祖母，她说这不可能，村长是神，没人能惩罚他。她说，村长剥削农民，是为了国王，而国王剥削村长和农民，是为了苏伊士运河里的英国军队。"神"这个字整日在我身边回响，我并不知道它的确切含义，但本能地讨厌它。父母将更多的自由与食物给了我的兄弟，尽管我在学校表现更好，在家里帮母亲干的活更多。我问及原因，他们跟我说，这是神的旨意。我感到神明不公,就跟村长与国王一样,他应该受到惩罚,不过我没有讲出口。

家乡的男男女女给了我灵感,我因此写下了《神死在尼罗河畔》。扎克娅跟我的祖母、姑姑、其他亲戚和邻居相差无几。当时,女性除了受到殖民统治的压迫,还在家里、社会上和街头受到男人的压迫。贫穷的女性比有钱的女性更容易受到伤害。

1972年,我出版了第一本关于女人与性的非虚构作品。这本书遭当局封禁,我也立刻被政府解雇。我在家无事可做,只有写作。我写小说,一则是因为我更喜欢小说,二则是因为小说被封禁的可能性似乎小一点——很多审查员是拿低薪的半文盲公务员,我觉得他们不会看小说。我独自坐在吉萨[1]的小公寓里,思考着我的新小说,不知道为何又回忆起童年,尤其是村长一行人坐在尼罗河畔的样子,他们一边抽烟,一边打量顶着水罐经过的女孩。祖母和家里其他可怜女性的面孔清晰地浮现

---

[1] 吉萨(Giza),埃及城市,位于尼罗河下游左岸,同开罗隔河相望。若无特别说明,本书注释均为译注。

在我眼前。我花了两个月写完了这部小说。写作令我极其快乐，这种快乐使我能够忍受监禁之苦，对我来说比呼吸都重要。

当时萨达特[1]正在推行"打开国门"政策，将埃及的大门开放给外国的物品与资金，尤其是美国的物资，致使贫困、失业、原教旨主义、女性掩面及遭歧视等问题更加严重。商店一边出售美国和沙特阿拉伯产的面纱、麦加产的礼拜毯，一边出售口红和蓝色紧身牛仔裤。大多数埃及人的基本物质需求得不到满足。我们的电视屏幕上充斥着宣扬贞洁、谦逊、信仰和面纱的宗教人士，间或出现推销舶来品的裸女广告。我发现自己没法保持缄默，便在反对派的报纸上发表文章，结果身陷囹圄，被判叛国罪。不过，一个月后，萨达特遇刺，我被新总统释放，那是1981年。

《神死在尼罗河畔》没有逃过审查与镇压的大风向。这部作品跟我的大多数作品一样，只得在黎巴嫩出版。

---

[1] 穆罕默德·安瓦尔·萨达特（Mohamed Anwar al-Sadat，1918年12月25日—1981年10月6日），1970—1981年任埃及总统。

贝鲁特的黎巴嫩出版商将书名改成了《地球上唯一的男人之死》。他跟我说，神不能死。我试图向他解释，神指代的是村里的领袖。他说："是的，我明白，但宗教狂热分子不会明白，他们会烧了我的出版社。"几年之后，同样的情况再次发生。1982年，《神死在尼罗河畔》在开罗出版，跟我的另外十四本书一起，出版商名叫马德布利。他沿用了黎巴嫩版的书名。他说："我出的书要是用那样的标题，他们会烧了我的出版社。神是不会死的，他将永生。"

因此，这本书的阿拉伯语版本从未使用过原标题，尽管今天仍被重印。自我写完这本书起，至少已经有了十个版本。我想，许多女性和男性依然会读这本书。我收到了许多读者来信，他们说，小说里的那个村子跟他们生活的村子并没有太大的区别。有些男人很愤怒，指责我嘲讽伊斯兰教，宣扬异端邪说。

尽管《神死在尼罗河畔》写于三十多年前，但我觉得它描述的仍是埃及农夫、农妇的现状。现在的社会并不比萨达特时代好——甚至更糟。贫困、美国新殖民主义、原教旨主义愈演愈烈。我不时回到家乡，发现它依然与扎克娅的村庄相仿。也许这就解释了为什么人们依然在读这本书,为什么出版商依然会重印这本书。这部小说已被翻译成多种语言,我很高兴这个版本[1]没有改变原书名。神依旧死在尼罗河畔。

纳瓦勒·萨达维

2006 年,开罗

---

1 指 2015 年由英国 ZED Books 出版社出版的英文版。——编者注

1

此刻绯色晨光尚未轻触树梢，鸡啼、狗吠、驴嘶还没划破浓黑，晨祷的召唤没有响起，"哈扎维教长"的喊声也未在寂静中回荡。大木门缓缓开启，如老旧的水车，发出沉闷的咯吱声。一个高挑挺拔的身影从门后滑出，步伐稳健有力。紧随其后的影子却没精打采、步调拖沓，身体的重量压弯了四条腿。

两个影子沉入黑暗，再次现身时已在河岸上。黎明的微光中浮现出扎克娅的面孔——憔悴、冷峻、苍白。她抿紧双唇，坚毅决绝，仿佛一个字都不会从她口中讲出。圆睁的大眼牢牢盯着地平线，眼里满是愤怒与轻蔑。水牛在她身后上下点头，一张脸瘦削而无生气，却不凶恶，眼神谦恭迷离、逆来顺受。

曙光照在河上，涟漪熠熠发光，就像忧伤宁静的苍老面孔上漾起了细碎的皱纹。河流深处静如止水，像悄悄流逝的时间，也像夜空中慢慢飘过的云。

宽广的天地间，空气也缄默宁静。它先是在树间穿行，动作轻柔，树枝几乎纹丝不动，接着掠过高高的河岸，携起肉眼看不见的尘埃，带下河堤，捎向一排排灰暗的泥屋。那些屋子挤挤挨挨，小小的窗户紧闭，凹凸不平的矮屋顶上堆着干棉花和牛粪饼。它顺势而下，飘过狭窄蜿蜒的小径和堆着粪肥的小巷，停在环抱村庄的河里，绿水上就结起了湿黏的深色尘膜。

扎克娅继续前行，水牛跟在身后。她的步速一成不变，正如她脸上僵硬的表情、左侧静静的河水，以及浸在黑夜尾声中的一切。在她的右侧，景色却悄悄起了变化，泥屋开始被甩在身后，田地像一条绿丝带，沿着尼罗河在她眼前慢慢铺开。

她就这样继续走在连绵的绿地与褐水之间，臀部与大腿的摆幅始终未变。头顶的黑夜逐渐消退，绯色晨光弥漫天空，片刻后就成了耀眼的橘光。地平线上突然蹦出一粒太阳，它徐徐胀成一只圆圆的火盘，然后爬上了天空。在天光完全驱散黑夜之前，扎克娅已经走到了自己的田里。她把水牛拴在河畔的水车上，脱下黑头巾，放在地上，然后卷起袖子，撩起长袍的裙摆，在腰间打了一个结。

接着，她抡起锄头，深深凿进周围的土里，一下接一下，速度均匀，砰砰声传出很远。手臂上的肌肉鼓了起来。蜜色双腿修长有力，袒露在晨光中，袒露在紧系于腰间的黑色长袍之下。脸上是一如既往的瘦削与憔悴，肤色不再苍白，因炽热、尘土、艳阳和天地的侵蚀，变得黝黑。可她内心深处依然惨白，这曾被肤色出卖，现在又被肤色隐藏。先前挺拔的身体此刻几乎伏在锄头上。她没看地面，也没看自己的脚尖。眼睛与之前一样，牢牢盯着远处的某个地方，也与之前一样，盛满愤怒与轻蔑。锄头被高高举到空中，又被全力砸在地上，击打声里似乎回荡着一股深埋于心的怒火。

击打声规律均匀，就像报时的沉闷钟声。这声音吞噬了时间，机械地往前移动，不断凿开大地，不知疲倦，从不中断，无须喘气，也不必休息。"砰砰砰"，规律的声响终日回荡在周围的田地里，力道中暗藏的怒气几近野蛮、执着与恐怖。正午时分，男人停下来吃饭，休息上一小时，这声响却片刻不停。也许会有那么一小会儿，水牛停止转圈，水车停止转动，但她的锄头始终起起落落，从天空砸向地面，再从地面挥向天空。

太阳渐渐升上天空，圆盘变成火球，闷住了风，逼近树木，晒干万物。在它的红焰下，一切都窒息了，燃烧着，干涸掉，除了扎克娅脸上涌出的汗水和她伏在地上的身体。汗水之下，她脸色青灰，水牛也是，它正绕着牛轭不停转圈。

时间就这样过去了。太阳开始沉向大地，缓慢而磅礴。烈焰不再怒烧。炽热消减，空气流动，一阵微风从尼罗河上吹来。树梢不情愿地左右摇摆，累坏了似的。耀眼的橘光再次浸满天空，又被忧伤暗淡的暮光渐渐驱散。她脸上的汗已经干了，留下一层余烬似的灰渍。她把锄头扔到一边，舒展背部的肌肉，挺直腰杆，四下看了一阵，仿佛刚从夜里醒来，然后捋下袖子，解下束在腰间的黑色长袍，让它覆住双腿，垂到地面。她裹好头巾，走出农田，踏上土路。片刻后她又成了一个黑影，依旧迈着稳健的步伐，走在来时的路上，水牛跟在她身后，步子又缓又沉。现在，宽广的绿色田地在她左侧，尼罗河的褐色水流在她右侧。远处的树木成了细长的轮廓，刻在发灰的天上。太阳西沉，已坠入地平线之下，不再与黄昏争抢暗红的光辉。

两个影子在岸边的土路上缓缓而行。她的影子一如往常：高挑挺拔，扬着头，挺着脖子。那架势像是要去打架。另一个影子同样丝毫未变。它没精打采，精疲力竭，耷拉着脑袋，跟在后面。他们走在河岸上，成了渐浓夜色中两个安静的黑影。在这广阔的世界上，没有什么在移动，没有什么在呻吟、叹息或哭喊，甚至是说话。寂静的夜里，只有寂静本身撒开它的斗篷，罩住一侧绵延的田地，罩住尼罗河的河水，罩住他们头顶的天空，罩住大地上的一切。

田地慢慢荡去身后，小屋在前方出现。小小的、模糊的黑影挤在一起，在河岸上互相依靠、彼此扶助，也许是害怕滑入积着厚尘的洼地。

两个影子走下河堤，进了沟渠，他们悄悄穿行于屋舍之间，一时消失在蜿蜒的窄路上，随后在一扇大木门前停下，扎克娅用结实的拳头推开了它，木门咯吱一声，让出路来。她放下牵引水牛的绳子。水牛踱进敞开的门，走向牛棚。她看了一会儿，然后在门口蹲下，背靠墙壁，面朝敞开的大门，这样她就可以看到门外的一截小巷。

她一动不动地蹲着，仿佛在黑暗中凝视着什么。也许引起她注意的只是门边堆放的粪肥，或是某个孩子在墙边的排泄物，或是一队围着甲虫尸体移动的蚂蚁，或是巷子对面那扇大门上的一根黑色铁栅栏。

黑暗四处弥漫，难以看穿，但她还是盯着夜色，直到突然感到头上一阵刺痛。她裹紧头巾，然而疼痛还是在片刻后蔓延到了胃部。她伸出手在黑暗中摸索，寻找那只装了一周口粮的扁草篮。她拉过篮子，张开紧闭的双唇，开始往口中塞入干面包块、干酪和咸菜。

她疲惫不堪，眼皮沉重，头抵着膝盖，打了一会儿盹。在一片黑暗中，即使她睁大双眼，也没法再看清任何东西。卡夫拉维溜进大木门，蹲在她身旁。他走近时，她正直视前方，他便以为她看见了自己。然而她尽管十分清醒，却没发觉他来了。他的身体在她眼中缩小，成了一个小男孩，现在她一边用孩童的眼睛打量他，一边在屋旁尘土飞扬的院子里爬行，她气喘吁吁，伸出了舌头。灰尘迷了她的眼睛，呛进鼻子和嘴巴。她坐起来，开始用自己的小拳头揉眼睛。接着她不再揉眼睛，而是将手掌放在大腿上，四下张望，突然她看见四只黑蹄子朝自己走来。其中一只蹄子慢慢抬到空中。她可以看见它恐怖的黑色蹄底，就像一只冲自己的脑袋全力砸来的大锤子。她浑身颤抖，放声大叫。此时一双有力的手臂伸向她，将她从地上抱起。母亲的臂弯、胸脯的温度和身上的气息都令人安心，她慢慢止住了尖叫。

她已经记不起母亲的面孔。母亲的容貌已在记忆中消逝，只有身上的气息依然鲜活，有些味道会令她想起面团或酵母。每当周围弥漫着这种味道，强烈的幸福感便会袭来。她的面孔会因此柔和下来，变得温柔，但眨眼间又会恢复一贯的严厉与决绝。

当她会站会走时，他们便允许她与卡夫拉维一起下地。他在前面牵牛，牛脖子上套着绳子，她在后面赶驴，驴背上驮着粪肥。她的哥哥一路沉默，除了高呼"嘘，嘘"赶牛时和大叫"哈，哈"赶驴时，从没说过一句话。

她记得自己曾见过父亲站在田里，却记不起他的面容了。她对他的全部记忆只剩下一双膝盖隆起的瘦弱长腿，一袭下摆撩起、系在腰间的长袍，一把紧握在大手里的锄头——锄头起落时发出规律的声响，还有水车沉闷的嘎吱声。水车的喘息一直在她心中回荡。在某些瞬间，她会发觉声音突然停下了，便转向水牛，大喊"嘘，嘘"，但那畜生并不理会。它一动不动地站在那里，黑色的牛头纹丝不动，黑色的眼睛死死盯着她。

扎克娅正要再次大喊"嘘，嘘"，忽然意识到那不是水牛的脸，而是卡夫拉维的脸。他跟她很像。他们的五官像一个模子里刻出来的，他的眼睛又大又黑，也盛满愤怒，不过那是一种不同的愤怒，愤怒深处混杂着绝望，也流露出深深的屈辱。

他依旧坐在她身边，抿紧双唇，背靠泥墙，凝视着黑暗的小巷，目光远远落在对面大铁门的栅栏上。他转向她，微微张口，用嘶哑的声音悄悄说道：

"那丫头不见了，扎克娅。她消失了。"

"消失了？！"她痛苦地问道。

"是的，消失了。整个村里都没了她的踪迹。"

他的声音透着绝望。她用那双乌黑的大眼睛盯着他。他也看向她，但眼神充满无助。

"扎克娅，在卡弗埃尔特，哪里都找不到内菲萨了，"他说，"她彻底消失了。她再也不会回来了。"

他把头埋进手心,再开口时几乎在哀号:"她不见了,扎克娅。哦,天哪。"

扎克娅将目光从他身上移开,盯着巷子,满怀哀伤,呆呆地低语:"我们失去了她,就像失去了加拉尔。"

他抬起头,喃喃道:"我们没有失去加拉尔,扎克娅。他很快就会回你身边。"

"你每天都这么说,卡夫拉维。你明知加拉尔已经死了,还想让我相信他没死。"

"没人通知我们他死了。"

"他们当中很多人都死了,卡夫拉维,凭什么他不会死?"

"但是也有很多人回来了。耐心点,向安拉祈祷吧,也许安拉会把他平安地送回我们身边。"

"我祈祷过太多次了,太多次了。"她哽咽道。

"再祈祷一次吧,扎克娅。向安拉祈祷,请安拉让他平安地回来,内菲萨也是。那丫头会去哪里呢?哪里呢?"

他们说起话来像两个痛苦的人在不停喘气。这声音戛然而止,寂静降临在他们身上,比周围厚重的黑暗更加深沉。他们依然牢牢盯着无垠的黑夜，谁也没有动弹。他们继续并肩坐着，像被黑暗掩埋的泥屋，纹丝不动。

2

大铁门慢慢打开,卡弗埃尔特的村长走出家门,进了小巷。他身材高大,肩膀又宽又壮,脸也很宽,近乎方形。这张脸的上半部分来自他的母亲:头发光滑如绸缎,额头高而饱满,一双深蓝色的眼睛在下面打量着一切。下半部分则承自他的父亲,是南部偏远地区的特质:胡须乌黑浓密,上方悬着一只大鼻,下面则有两片柔软肥厚的嘴唇,象征着他的纵欲。他眼神骄矜,几近傲慢,跟那些习惯发号施令的英国绅士一样。他说话时嗓音粗哑,就像上埃及[1]的农民。埃及、印度等前殖民地的人民常年遭压迫,言语中常带攻击性,他那嘶哑的嗓音却显得温和谦逊,完全掩盖了这一点。

---

1 本书出现的"上埃及"指埃及南部地区,该地区主要为农业区。——编者注

他步伐缓慢，长长的黑斗篷垂到地上。跟在他身后的是卫队队长和清真寺教长。一行人出门时，看见巷子对面的黑暗中蹲着两个黑影。那两张脸看不分明，不过这三个男人知道，那是卡夫拉维和他的妹妹扎克娅，因为他们经常并排坐在那里，久久沉默。倘若只有一个影子，那么卡夫拉维肯定还在田里，他会一直劳作到天亮。

他们总在此时去附近的清真寺做晚祷。回来后，他们会坐在村长家俯瞰河面的阳台上，或是闲逛至理发师哈吉·伊斯梅尔的店里。他们坐在那里，一边抽烟一边聊天，轮流从水烟斗的长烟杆里吸上一口。

不过这次村长没抽水烟，而是从口袋里掏出一支雪茄，咬掉茄帽，用火柴点燃，在旁人的注目下抽了起来。哈吉·伊斯梅尔见村长皱眉，便知他心情不好。于是他走进店里，过了一会儿才出来，他悄悄凑到村长身边，想把一块大麻塞进村长手里，可村长推开了，说："不，不，今晚不要。"

"为什么，大人？"哈吉·伊斯梅尔问道。

"你没听说那个新闻吗？"

"什么新闻，大人？"

"政府的新闻。"

"哪个政府,大人?"

"哈吉·伊斯梅尔!你觉得我们有几个政府?"

"不少。"

"胡说!我们只有一个政府,你心里清楚得很。"

"您说的是哪个政府,首都的政府,还是卡弗埃尔特的政府?"

"当然是首都的政府。"

"那我们能做什么呢?"

卫队队长笑着喊道:"谁敢否认我们也自成一个政府?"

这回哈扎维教长笑了起来,大嘴巴里露出染了烟渍的牙齿,他用力拨着黄色念珠,珠串在他手里左右晃荡。

但村长没笑。他肥厚的嘴唇紧紧叼着雪茄,蓝色的眼睛凝视着远处长长的河流和辽阔的耕地,虽然它们均已被黑暗掩蔽。他心底仍能看见,河流与耕地绵延在卡弗埃尔特和埃尔拉瓦之间。他曾与母亲来这一带度夏,当时他没想到自己有天会定居在卡弗埃尔特。他热爱的是开罗的城市生活。路灯在黑色的柏油路上熠熠生辉。

尼罗河的流水里映着河边赌场的彩灯。夜总会人头攒动,他们坐在桌边吃饭饮酒,女人则会跳舞,身姿摇曳,幽香浮动,言笑晏晏。他沉醉其中。

那时他还在上大学。不过,他与哥哥不一样,他讨厌课堂和老师,讨厌谈及知识和未来。他尤其讨厌哥哥对时局与派系的高谈阔论。

他们坐在那里,陷入了沉默,此时哈吉·伊斯梅尔突然想起自己放在店里的晨报,就在磅秤旁的木桌上。他再次闪进店里,出来时手里拿着叠好的报纸。他在油灯下摊开报纸,开始阅读头版的标题,然而一位男子的照片引起了他的注意。照片占据着版面中央最显眼的位置,男子很面熟,他很快意识到那是村长的哥哥。他想看看照片下的文字,可字太小了,他看不清楚。犹豫了片刻,他凑到村长耳边,竭力压低声音:

"您说的新闻跟您哥哥有关吗?"

短暂的沉默后,村长开口:"是的。"

这下哈吉·伊斯梅尔担心起来:"他遇上什么倒霉事了吗?"

村长回答时,声音中有一丝骄傲:"不,恰恰相反。"

哈吉·伊斯梅尔兴奋得几乎难以自持："大人的意思是，他升官了吗？"

村长吐出一口浓烟："是的，正是如此，哈吉·伊斯梅尔。"

哈吉·伊斯梅尔高兴地拍起了手，看着周围的人说道："朋友们，我们得喝点果子露庆祝一下。"

坐在店门口的人一阵骚动，迅速传阅起那份报纸。哈吉·伊斯梅尔离开人群，抱回一瓶果子露和一些空杯子。

然而村长似乎沉浸在自己的思绪中。这天他一直在思索，为什么一看到报纸上哥哥的照片，自己就被无能与沮丧的感觉包围了。他熟悉这种感觉，随之而来的还有口中的苦味和喉咙的干涩，然后这种感觉潜到胸口，火烧火燎，接着一阵隐约而尖锐的疼痛从胃部扩散开来。

这种感觉第一次造访时，他还是个小男孩。他记得自己冲进卫生间，将胃里的东西吐了个精光。他站在那里，对着脸盆上方的镜子端详自己的脸。面色死白，唇色发黄，眼里的光芒也消失了。这双眼睛呆滞、冷淡、顺从，仿佛笼上了一层云，活力已被扼杀。

他会反复漱口，驱散口中残留的苦味。当他抬起头，看向镜子，眼前浮现的是哥哥的面孔。他注视着哥哥红润的面颊和眼里胜利的光芒，耳畔响起了熟悉的嗓音，语调欢快无比："我做什么都能成功，而你一直是个失败者。"

他把口中的水吐在镜子里冲自己静静微笑的脸上，挺直脖子，舒展肩膀，大声说道："我比你强一千倍。"

任谁见到他走出浴室的样子，都会以为两兄弟中无疑他更成功。他的嘴唇恢复了血色，眼睛散发神采。母亲坐在扶手椅上织毛衣，他调皮地到处乱跑，跟她嬉闹，想拉一拉线头、滚一滚羊毛线球，此时他口中的苦味已经消散，他又愉快地笑了起来。母亲高傲的蓝眼睛里闪过一丝怒火，带着英国口音的短句刺痛了他的自尊："你哥哥比你优秀多了。"

有时她会把针线放到一边，伸手拿过旁边桌子上叠好的报纸，翻开其中一页，指着那个用小字印刷的名字说道："你哥哥出色地通过了考试，而你……"

他会立刻停止大笑，仿佛被什么东西扼住了喉咙，透不过气来。他咽了几下口水，没有作声。他立刻意识到，自己并非真的开心，只是在强装愉快。那种自以为比哥哥强的感觉不过是自欺欺人。真相势不可当，椎心蚀骨，它似乎从他身上的每个毛孔里涌出来，衣服下渗出了湿黏的冷汗。它爬进他的嘴巴与鼻子，让他再次尝到苦涩的滋味，又带着苦味流到他的胸口，从一个小孔爬进了他的肚子。他跑回卫生间，不断呕吐，直到什么也吐不出。

哈吉·伊斯梅尔从铜杯里啜饮第二杯果子露时，发现村长轻蔑地朝地上啐了一口，然后挺直腰杆，抬起头，用傲慢的眼神缓缓扫视了一圈。他的神情似乎在说："跟我比起来，你们这些人什么都算不上。我出身贵胄，母亲是英国人，哥哥是国家的统治者之一。"

哈吉·伊斯梅尔蜷在凳子上，似乎想让自己的身体变小，好避过村长的目光。他本想跟村长开玩笑，讲讲最近的趣闻，但立刻改了主意。照片上，村长的哥哥坐在举国要人中间，神情骄矜傲慢；而他的小店里，老旧的货架摇摇欲坠，积满灰尘，上面站着几个垂头丧气的锈罐子。他的目光在这两者之间不断徘徊。他试图强迫自己停止攀比，却发现自己一边出神地看着村长的昂贵斗篷，一边摩挲着身上长袍的粗劣布料。

哈吉·伊斯梅尔将果子露举到唇边，一饮而尽。村长瞥见这一幕，大笑起来，打趣地拍了拍哈吉·伊斯梅尔的膝盖，说道："你们农民喝起果子露来，就跟我们吃药一样。"

既然村长亲昵地跟自己开起了玩笑，哈吉·伊斯梅尔心中的自卑与渺小也就一扫而空。村长不是在跟自己说笑吗？这难道不足以令他恢复自信，令他感到彼此的地位不再悬殊吗？他很高兴。现在是时候大笑了，是时候接过村长抛下的话头，延续欢乐的气氛。

"我们农民分不清果子露的甘甜和药的苦味。"他开玩笑地说。

村长沉默了一会儿，似乎在琢磨哈吉·伊斯梅尔的话。哈吉·伊斯梅尔忐忑起来，这些话在他的耳中不断回响。若是村长误会了自己，可怎么办？

"大人，我的意思是，农民吃什么都觉得苦。"他慌忙加了一句，想解释清楚。

村长依旧沉默不语。这显然不对劲。现在哈吉·伊斯梅尔几乎能肯定，刚才自己说错话了。这下村长可能以为他补充的那句是在暗指农民生活悲惨，可他根本不是这个意思。从这句话里，也许能直接或间接地得出一个更危险的结论，即在哈吉·伊斯梅尔眼中，政府一再表示关心农民的福祉、保障农民的权利，根本是在作秀。而在卡弗埃尔特，村长就是政府的化身，这样的观点可能会被解读为，村长作为掌权者，一直在利用自己的职权剥削农民，从农民身上榨取金钱，用以维持自己的奢靡生活——饕餮美食、烟酒和女人。

他脑子很乱，咒骂着自己的愚蠢。

现在最好的办法就是让自己尽量不起眼。就在此时，他看到村长眼睛一亮。他们正望着河流的方向，他转头去看是什么引起了村长的注意。有个女孩走在高高的河岸上。她头顶陶罐，站得笔直，试图保持平衡，高挑的身影左右摇摆，乌黑的大眼直视前方，眼神骄傲，他常在卡夫拉维家的女性眼中看到这种神情。

村长把头凑近哈吉·伊斯梅尔，说道："这个女孩跟内菲萨很像。"

哈吉·伊斯梅尔立刻答道："她是内菲萨的妹妹。"

"我不知道内菲萨还有个妹妹。"

哈吉·伊斯梅尔发觉村长在打什么主意，便讨好地说道："她们一个比一个漂亮。"

村长朝他眨了眨眼睛，轻轻笑道："但是最嫩的总是最美味的。"

哈吉·伊斯梅尔大笑起来，鼻子和嘴巴都吸进不少空气。他精神振奋，此前压在心头的沮丧已一扫而空。现在他确信，村长不会因为哥哥掌权就改变对自己的态度。他不是在跟自己开玩笑吗，仿佛他们地位相当？他不是对自己敞开心扉了吗，仿佛他们是朋友？

他飞快地眨着眼，悄悄与村长咬耳朵："您说得对，大人，最嫩的吃起来最可口。"

村长变得异常沉默。他的目光追随着栽娜卜在河岸上行走的身影。他能看见她长袍底下紧实浑圆的臀部。她隆起的胸脯随着步伐上下颠簸，粉红圆润的脚跟在长袍的裙摆下时隐时现。

村长转身对卫队队长说："我一直想不明白，卡夫拉维是怎么养活这些女孩的。看！她的脚跟都快流血了。"

卫队队长发出一阵聒噪沙哑的大笑，呼哧呼哧吸着气。他已经悄悄受了一会儿折磨，以为自己失去了村长的欢心。刚才村长不是一直在跟哈吉·伊斯梅尔聊天吗？现在看来，情况变了。他的心情立马起了变化，再次愉快起来。

"他肯定偷别人东西了。您只要一声令下，我们就会把他投进监狱。"

他气势不凡地站起来，夸张地挥了一下胳膊，然后假装召来一位手下，大声吼道：

"孩子，快把手铐和锁链拿来。"

村长被他滑稽的动作逗得哈哈大笑，坐在他身边的三个男人也笑了起来，包括一直醉心于抽水烟的哈扎维教长，他觉得此刻自己应该丢开水烟，比谁笑得都大声，于是露出一排参差不齐的烂黄牙，用力拨着手中的黄色念珠。

待爆笑平息之后，村长对卫队队长说：

"不，扎赫兰队长，卡夫拉维不是小偷。"

哈扎维教长觉得此刻应该用庄严的语调插上一嘴，仿佛是在援引《古兰经》上先知穆罕默德的箴言。

"农民都会偷东西。盗窃的冲动跟吸血虫一样藏在他们的血液里。他们故作天真，假扮迟钝，然而他们内心深处一直是狡猾可憎、多疑不敬的。做祷告时跪在我身后的人,一旦离开清真寺,到了田里,就会去偷邻居的东西,给别人的水牛下毒时,眼皮都不会眨一下。"

他停下来,瞄了一眼村长的表情,发现自己的话很中听,便放心了,他继续说道:

"他甚至会去杀人或通奸。"

卫队队长将右腿跷到左腿上,把袍子撩到一侧,露出自己的新靴子,这也是在暗示,哈扎维教长是在班门弄斧。

"说到谋杀和通奸,卫队队长更有发言权,不过……"扎赫兰队长转向村长,谄媚地笑道,"大人,您博学多识,请告诉我,首都的人跟卡弗埃尔特的人一样吗?"

哈扎维教长毫不客气地插嘴。"扎赫兰队长,哪里的人都堕落了,"他说,"你不可能找到虔诚的人了。这样的人不复存在了。"

他留意到村长的脸上有一丝不以为然,急忙补充道:"当然了,除非是有着高贵血统的上流人士,例如村长大人。这另当别论。"

他在记忆中努力寻找能够支持自己说法的箴言，但他吸了太多烟，脑子有点迟钝。他没有泄气，假装虔诚地吟诵道："安拉吩咐你追溯一个人的血统，因为他的根系总能揭示通向灵魂的曲折道路。"

村长冲教长噘起肥厚的嘴唇。这人怎么把话头从栽娜卜的粉脚跟引向宗教信仰之类的严肃话题了？他对哈吉·伊斯梅尔微微一笑，说道："你是村子里的赤脚医生，告诉我，卡夫拉维这个皮肤黝黑的家伙怎么会有白如奶油的女儿？"

村长噘嘴反对的模样令哈扎维教长忐忑不安。

"你还没告诉我你的想法呢，哈吉·伊斯梅尔。"村长说道，没有理会哈扎维教长的干扰。

乡村理发师还在回味村长赐给他的头衔：赤脚医生。这令他觉得自己好像被授予了医学学位，他可以与这片土地上所有的医生平起平坐了。他定了定神，眯起眼睛直视前方，仿佛陷入了沉思，脸上带着科研人士的神情，似乎洞悉了生命的奥秘，现已学富五车。

"大人，内菲萨的妈妈怀着她时，肯定很想吃奶油，要么就是被白色的魔鬼附身了。"

村长忍俊不禁,仰天大笑,然后转向卫队队长,仿佛在向他求救。

卫队队长站起来,模仿此前的夸张姿态,对着夜色吼道:

"孩子,快把手铐和锁链拿来。抓住这些魔鬼,孩子,把他们铐起来。"然后他把脖子缩进衣襟,悄悄说道:"全能的主啊,别让我们的话惹恼他们。"

人人都笑起来,哈扎维教长笑得最大声,他觉得自己得加把劲,才能融化跟村长之间的寒冰。他凑到村长耳边,小声说:"大人,众所周知,卡夫拉维家的女眷总是张大眼睛,毫无廉耻之心。"

村长轻轻地笑了。"哈扎维教长,难道她们张大的只有眼睛吗?"他佯装严肃地问道。

一阵爆笑又被掀起。笑声缓缓飘过静静的河水,这回的笑声无忧无虑,几个男人的痛苦忧愁似乎终于一扫而空。就连村长也好受多了,因报纸上哥哥的照片而起的苦涩心情已被完全抛诸脑后。现在他无须散心,也不必再寻消遣。他打了个哈欠,露出两排长长的白牙,就像狐狸或狼的獠牙。他以不容置喙的语气宣布:

"走吧。"

他站了起来。一眨眼的工夫,那三个男人也站了起来。

3

她在河堤下的水沟里垒起石块和卵石,盖上泥土,用手掌压平,然后靠着桑树坐下来,胳膊搁在地上。滚烫的皮肤压着清凉的泥土,似有一阵潮湿的凉意从树干流进了她背部酸痛的肌肉和骨头。她把额头和面颊贴在树上,用干燥的舌头舔舐桑树分泌的水分。

潮湿的树干唤起了久远的记忆和熟悉的感觉。她几乎能够摸到那个温暖湿润的乳头,每当她用嘴唇咬住它,乳汁就会流入口中。一颗汗珠从额前滑到鼻子上,她用袖子擦掉汗珠,抬起手揉揉眼睛,然而眼睛是干的。她轻轻念道:"母亲,愿安拉保佑您。"

她抬头看天,曙光在她黑色的大眼睛里闪烁。她的眼睛从不往下看,走路时也不会盯着路面。和姑姑扎克娅一样,她抬着头,带着骄傲与怒意,但姑姑的眼里没有轻蔑。现在焦虑的阴云笼在头顶,她像是迷了路,为眼下的事担惊受怕。她的目光飘向无尽的天空，慢慢插入天空深处。她能看到远处黑色的地平线，天地就在那里相会。太阳的红盘慢慢爬了出来，开始把橘色的光芒洒向大地。她打了个寒战，不知是由于夜晚残留的凉意，还是出于对未来的恐惧。她裹好头巾，藏起脸庞，躲开天光。在她眼前，河水一成不变，河岸也总在绵延。她回头看了一眼，身后的景象与眼前的一切并无二致。一样的水，一样无尽绵延的岸边小道。但她知道，在无垠的天地间，她丢下的村庄就在某个地方。她努力将一切记在心里，仿佛她是归人，或者从未离去。她住的泥屋，就挨着姑姑扎克娅的家。还有小路对面那扇有铁栅栏的大门。栅栏包围着那个大屋子，屋子里藏着往外窥探的好奇目光。

她曾在尘土飞扬的小路上爬行。如果她抬起头，就会发现铁栅栏像黑色的腿，慢慢朝她走来，企图将她压扁。她吓得大叫，一双有力的胳膊立刻伸向她，将她抱起来。她把鼻子埋进黑色的长袍。长袍朴素而粗糙，闻起来像面团，也像酵母。她依偎在母亲胸口，母亲往她口中喂了一样东西。是熟透的桑葚，又甜又软。泪水还在眼里打转,她将桑葚吞入口中,贪婪地咀嚼这个果子,口中满是喜欢的滋味。

自幼年起,她一看到铁栅栏,就满心恐惧。她听人们提起过这扇门和铁栅栏,当时他们在谈论别的事。不过人们从不靠近门和铁栅栏,每当进入这条小巷,他们就会贴着另一侧走,一见到大门,交谈声就会变成低低的耳语,骄傲、愤怒甚至残酷的眼神也会立刻变得谦卑顺从,仿佛他们决定全盘接受命运的安排。他们经过时会埋下头,盯着地面。倘若此刻凑巧有人与之对视,就会发现他们眼中丝毫没有愤怒或轻蔑。

她刚学会走路就开始下地,不是跟着驴子跑,就是牵着水牛脖子上的绳子,让它一步不离地跟在自己身后。每天她都会将一个陶罐顶在头上,沿着河岸走到尼罗河拐弯的地方,女孩们都在那里用空罐汲水。不过,她总是避免经过铁门,于是绕去村后的小路,多走半圈才能抵达河岸,然后径直走到汲水的地方。如今她已经知道,铁门后面是一个院子,院子通向村长的大宅子,宅子远远地坐落在门后,被一个满栽花木的花园包围。不过,在她的想象中,门后依然藏着一个巨大的怪物,一个有二十条铁腿的魔鬼，她一不留神就会被它踹死。

年纪稍长，她去河岸便不再绕道，虽然走直路会经过那扇铁门。她长大了，已经明白铁门后面没有魔鬼，也知道大宅子里住着村长和村长的妻儿。可是，每当听到别人提起村长，她都会不寒而栗。又过了几年，她依然会颤抖，只不过是在几乎无法察觉的内心深处。

然而有一天，她的父亲告诉她，次日早晨她穿好衣服、吃完早餐，就要立刻去村长家。那天晚上她一刻也睡不着。当时她只有十二岁，漆黑的夜里，她的小脑袋一直在想村长家的房间会是什么样子。邻居家的孩子告诉过她，村长家的卫生间铺满白色大理石，这个景象在她脑中一闪而过。他们还说，村长每晚都洗牛奶浴。她眼前浮现出村长妻子在家里走动的样子，她光着大腿，皮肤又白又滑。据说村长的儿子有自己的房间，房里满是枪炮、坦克，以及会飞的飞机。村长的模样在她眼前不停闪现，非常真实，就像有天她看到的那样，村长裹着宽大的黑斗篷，在村里男人的簇拥下往前走。她想起来，自己每次看到他都会跑开，躲进家里。

第二天一早，天空尚未出现红色的曙光，她就起床了。她洗净头发，用石头打磨脚跟，穿上一件干净的长袍，把头发裹进黑色的头巾，然后坐下来，等待扎赫兰队长的到来，他会带她去村长家。可一见到他，她就飞快地跑开，躲到了炉子的上面。她在藏身之处不停哭泣与尖叫，拒绝现身。停下来喘气的间隙，她听到卫队队长有了这番说辞："我们的村长很慷慨，他的妻子出身也好。你每天能赚二十皮阿斯特。你这个没脑子的蠢丫头，怎么能放弃这种找上门的大好事？难道你宁愿挨饿受穷，也不愿意干一点活？"

"扎赫兰队长，我在父亲的房子里干活，而且我整天都在地里干活，"她待在炉子上方的藏身之处，抽泣着说道，"我不是懒，我只是不想去村长家。"

卫队队长不再费力劝她下来，而是说道："你们爱怎样就怎样。看来你们命中注定没法享受安拉意图赐予你们的福祉。几百个女孩抢着去村长家工作，可村长选中了你的女儿，卡夫拉维，因为他相信你是一个诚实善良、值得信任的人。要是听说你拒绝了这份好意，他会说什么呢？"

"我完全愿意接受他的好意，扎赫兰队长，可您也看到了，这丫头自己不愿意。"卡夫拉维答道。

"那在这个家里，是这丫头说了算喽，卡夫拉维？"扎赫兰队长激动地吼道。

"不，是我说了算。可她不懂事，我又能怎么办？"

"你能怎么办？！这是男人该问的问题吗？"扎赫兰队长更激动了，"揍她。难道你不知道吗，女孩和妇人从不听话，除非挨揍。"

于是卡夫拉维咬牙切齿地喊道："内菲萨，你赶紧给我下来！"

内菲萨并没有照办的意思。于是他爬到炉子的顶端，打了她几下，还用力拽她的头发，直到她不得不跟他下来。他默默地将她交给了扎赫兰队长。

她耳中传来车轮缓缓滚过地面的声音，便转过身，她看到一只疲惫的老驴拉着车，沿着小路朝她走来。驴子突然抬起头，长长地哀鸣了一声。她看见驴子眼中带泪，坐在驴车上的男人正盯着自己。她拽了拽头巾，遮好自己的脸。他看起来不像她在卡弗埃尔特见到的人，于是她放下心来，坐在地上，朝他喊道："叔叔，请带我去拉姆拉[1]。"然后她站了起来。

她笔直地站在河岸上,那人打量着她。他看到她的大肚子,心中隐隐有些怀疑,但她直视男人的脸,眼神是如此愤怒与骄傲,他便打消了疑虑。她动作迟缓,像是累坏了,却依然站得笔直。他的声音听起来很生硬:

"上来吧。"

她将双臂放在驴车的边缘,用力一撑,跃上了座位。她挨着男人坐下,盯着面前的路,一言不发。过了一会儿,他瞥了一眼她的肚子,问道:"去埃尔拉姆拉找你的丈夫?"

她没眨眼,答道:"不是。"

他沉默了一阵,又开始发问:

"你把丈夫抛在了卡弗埃尔特?"

她依然盯着路面,没有眨眼:"不是。"

他的目光变得更直接了。他端详着她粗糙的大手,那双手安静地搁在大腿上,腕上没有手镯。穷苦农民的

---

[1] 拉姆拉(Al Ramla),即埃尔拉姆拉,埃及地名。

女儿，他想，她习惯于挖土耕地。然而，当她直视他的脸，他又察觉到一丝从未在农家女子眼中见过的东西，不仅是怒气，也不仅是骄傲，那是一种更有力的东西。他突然记起，自己小时候曾经爬上村长家的围墙，正巧与村长的女儿目光相遇。就在这时，卫队队长的手杖落在他的肩上，他赶紧爬下围墙。整个童年时代，他一直梦想着能再次凝视她的眼睛。他不明白自己为何会有这样的渴望，也从未跟人提起此事。这太奇怪，太疯狂，也太闻所未闻，他根本不敢大声说出口。

他转头看她。他们目光相接，久久地凝视对方。她没有眨眼，也没有避开，不像卡弗埃尔特和埃尔拉姆拉的其他女孩。她有一种他难以形容的眼神。愤怒，蔑视，或兼而有之。于是他转头看路，拉了拉驴背上的缰绳，思索道："她不像是逃出来的，看起来也不害怕。"

他的目光不停回到她的身上。他看到她光着脚，脚上沾着干了的泥块，便又问道："你走了很远的路吗？"

她依然盯着路面，答道："是的。"

他不甘心地追问："走了一整夜？"

"是的。"

他沉默了一会儿,很难想象这位年轻的女性要如何在夜里独自走在尘土飞扬的长路上,也很难想象她是怎样穿过了埋伏着狐狸、野狼和强盗的田地。但他有一会儿没再说话,注意力集中在眼前的路上。接着,他仿佛深思熟虑了一番,才小声说道:"夜里很危险。"

他说这话时,语调怪异而深沉,像是在故意吓唬她,希望她大眼睛上的眼皮因恐惧而颤抖。可她没有眨眼,只是盯着地平线,看着他们驶向的地方。

"夜里比白天安全,叔叔。"她说。

他又一次沉默了,表情僵在脸上,就像一个小孩挨了一棍,却拒绝流露伤心,不肯哭出来。他感到胸闷,很想哭泣,这种哭泣的冲动已被压抑了许多年,可以追溯到卫队队长用手杖揍他的那天。如果这时她转头看他,冲他微笑,他就会把头埋在她的胸口,像孩童一样哭泣。或者,当驴车开始颠簸,他若能在她的眼里看到一丝颤抖,也会感到片刻安慰。然而,她没有颤抖,也没有微笑。她甚至没有看他,仿佛已经忘了身边有人。即便她的目光偶尔扫过他,他也发觉其实她在思考一些别的事,非常重大的事,相比之下,他跟苍蝇的粪便一样无足轻重。他把一只手伸进口袋,掏出一块裹着蜜糖的烟草,放进嘴里,也可能是一块大麻,或者鸦片。唾液变苦了,他咽了几下口水,然后剧烈地咳嗽起来,像是在努力压抑在心底藏了很多年的屈辱。他埋下头,心中非常忧伤,他意识到,自己唯一真实的情感就是这种如影随形的屈辱感,日复一日,夜复一夜。

他抿紧双唇,用手中的长棍抽了老驴几下,就像卫队队长抓到穷人家的小孩在放学路上玩耍时一样。现在他想尽快赶到埃尔拉姆拉,好摆脱这个令人心烦的年轻女子。

木车在蜿蜒的小路上慢慢前行,左摇右摆,轮子似乎随时会脱落。她听到驴子一边赶路一边喘息哽咽。他的呼吸听起来跟钟摆一样缓慢单调,车轮转动的声音也是这样,她肋下与腹中跳动的脉搏同样如此,仿佛已在崩溃的边缘。

她看着太阳升上天空,看着田地慢慢被甩到身后,也看见地上出现了许多小泥屋,它们挤挤挨挨,靠着河岸,就像河边隆起的土堆。携着水罐的女人慢慢映入眼帘,她们沿着河岸悠闲地排成一行,朝她走来。她开始听到空气中弥漫的嗡嗡声,因为孩子们已经醒来,苍蝇也开始串街走巷、绕屋飞行。水牛和奶牛排着长队缓慢前行,扬起大片灰尘。走在它们身边的是成群的男女,他们肩上扛着锄头,不住地打哈欠,仿佛一想到新的一天开始了,就感到前所未有的疲惫。

刹那间她以为自己又回到了出发的地方,回到了卡弗埃尔特。她拽了拽头巾,遮住自己的脸,然而身旁的男人对她说:"下车吧。"声音嘶哑,令人不快。

"这是埃尔拉姆拉吗,叔叔?"她问道。

"是的。"他答道,没有看她。

她将双臂撑在车上,准备跳下去。在她身体的重压下,车身骤然倾向一侧,待她双脚触地,车又站直了。驴车恢复了平衡,他发觉车变轻了,行驶起来也更从容了。他的心平稳地跳着,心中松快了许多,仿佛压在心上的重负已经卸去。他听到她的脚步重重踩在地上,便用棍子抽了驴子几下。驴车沿着土路,再次开始缓慢前行。他正要回头看她最后一眼,又突然改了主意。他盯着远处的地平线,又抽了驴子几下。它拉着身后的木车,一边喘气一边蹒跚前行。车轮再次转动,发出缓慢单调的撞击声。

内菲萨看到驴车上下颠簸，左右摇摆，男人的脊背很瘦，骨头根根分明。她从后面看他时，想起了自己的父亲。片刻后，驴车载着男人，从她的视线里消失了。然而，车轮碾过地面的咯吱声和驴子呼吸时的喘息声依然在她耳中回响。这些声响不时被一阵刺耳的咳嗽声淹没。父亲坐在院子里抽烟时，每从水烟斗里深深吸上一口，都会发出这样的咳嗽。

走到清真寺，她便向右拐，走出去不远，就看到一片奥姆·撒贝向她描述过的荒地。荒地尽头远远坐落着一个小泥屋，屋子上安着一扇大木门，门上有一个木门环。她在屋旁看到一个汲水泵。她按压水泵，用手掌兜水喝下，然后走向木门。她轻轻地叩了几下门环，听到一个女人用粗俗拖沓的声音应道。

"谁在敲门？"

像是卡弗埃尔特的舞女纳福萨的声音。

"是我。"内菲萨答道，声音比耳语还轻。

那个粗俗拖沓的声音再次大声响起："你是谁？"

"是我……内菲萨。"她说。

"哪个内菲萨？"女人坚持盘问道。

她抹掉滑下鼻翼的汗珠，答道："阿姨，是奥姆·撒贝让我来找你的，纳福萨阿姨。"

门内一阵沉默。她站在门前，能听见自己的心跳和轻轻的呼吸。然后，门仿佛受一个看不见的魔鬼操纵，自动打开了。

她站在那里，一动不动，像个雕塑。不过等她跨上门槛，便发觉自己浑身发抖。

4

在第一声鸡啼划破黑夜的寂静之前,法提娅睁开了眼睛。也许她没有意识到,自己的眼睛已经睁开了一会儿。她看到丈夫仰面躺着,张着嘴,打着呼,像要窒息了似的。他的呼吸充满烟味,胸腔发出嘶鸣,仿佛里面积了一夜的痰。

她用拳头碰了碰他的肩,想把他推醒,可他转过身去,背对着她,在梦中嘟囔着含糊不清的话。寂静中再次响起公鸡的啼叫。这回她用指关节狠狠捅了一下他的肩膀。

"哈扎维教长,公鸡都起来祈祷了,你还在打呼。"她急躁地说道。

哈扎维教长睁开眼睛,然而双唇紧闭,似乎决定不去回应她一大早的言语冲撞与肢体攻击。他一言不发地站起来。他的这位妻子,法提娅,与前几任妻子不同。

她们可从不敢直视他的脸,也不敢说任何不敬的话,当然也不敢将他与卡弗埃尔特的其他男人相比,更别说跟刚才打鸣的公鸡相比了。她却无礼地暗讽:公鸡都比他强。

不过,她的一举一动他已不再介怀,即使她过分到将公鸡与他相提并论。重要的是,他强迫她嫁给了自己,还跟自己一起生活了这么多年,尽管哈吉·伊斯梅尔的魔药和符咒没能重振他的雄风,甚至一丝好转的迹象也没有。

第一次见到她时,他像往常一样坐在哈吉·伊斯梅尔的店门口。她顶着陶罐走在河岸上,他瞥见她柔软的身体,便转头悄悄问哈吉·伊斯梅尔:"那边的那个女孩是谁?"

"法提娅,马苏德的女儿。"哈吉·伊斯梅尔答道。

"这么说,她的父亲是个穷人。想必他很乐意让我成为他家的一员。"

"您的意思是,您想娶她,哈扎维教长?"

"为什么不呢。我结了三次婚,还是没能有个儿子。我死之前必须生个儿子。"

"可是，以她的年纪，都能做您的孙女了，"哈吉·伊斯梅尔说，"而且，您怎么知道她不会像您的其他妻子一样无法生育呢？"

哈扎维教长低下头，一言不发地看着地面，不过手里的念珠不受干扰，继续在指间不停穿行。哈吉·伊斯梅尔看了他一眼，会心地笑了，直截了当地说道："看样子那个女孩把您迷住了，哈扎维教长。"

哈扎维教长笑着看向理发师，双眼放光："的确如此，她的模样令我精神一振。我一直渴望得到这样的女人。"

"说到女人，她当然是女人。她的眼里有欲望在沸腾。不过，哈扎维教长，您觉得您能控制得了她吗？您觉得您这个年纪的男人能应付得了她吗？"

"我不仅能满足她，必要时还能满足她的父亲，"哈扎维教长辩驳道，"对男人来说，你口袋里的钱才是最重要的。"

"要是几年后她还是没能给您生个儿子，您要怎么办？"哈吉·伊斯梅尔问道。

"安拉是伟大的，哈吉·伊斯梅尔。现在我遇上了困难的时候，但是儿子迟早会来的。神会给我注入他的精神，赐予我力量。"

哈吉·伊斯梅尔哈哈大笑："哈扎维教长，这些话您可以对别人说，但是别对我说。您一直在跟我抱怨您的身体状况。安拉要如何赐予您力量？您是在暗示，神会……？"

哈扎维教长立刻打断了他的话："安拉能让死者复生，哈吉·伊斯梅尔。而且，你自己也告诉过我，这能治好。"

"但您一直不听我的建议，也没按我说的办法治疗。您一直只听医生的话，盯着他们开的药吃。我告诉过您，医生一无所知，他们的药方没用。可您就是不信我。现在结果如何？您浪费了钱，却毫无起色。您敢说我错了吗？"

"是的，是的，哈吉·伊斯梅尔，但是不吃一堑就不能长一智。现在我知道了，所有的医生都是不学无术的骗徒，村子里真正的医生只有你。从今往后，我只会接受你的治疗。不过你一定要让我娶到马苏德的女儿法提娅。如果你能办成这事，安拉一定会慷慨地赐福于你，当然，我也会给你报酬的，丰厚的报酬。你是了解我的。"哈扎维教长赶紧说道。

"我知道您是一个慷慨的人，也知道您来自一个慷慨的家族。但是最重要的是，您保卫这个村子的信仰，守护我们的道德。所以，把这件事交给安拉吧，别再为它忧心了。我会办好的，您放心。您就照我之前说的做。常喝热水，加盐和柠檬。每晚焚香，要焚尽，别留到早上。然后一边拨念珠，一边感谢安拉九十九次。最后，诅咒您的第一任妻子三十三次，您刚娶她的时候，不是身强体健吗？"

哈扎维教长绝望地答道："我当时强壮得像一匹马。"

"她给你下了一道咒，我知道这符咒是谁给她的。他不在卡弗埃尔特，不过我知道他那个符咒的奥秘，也知道怎么破解。现在最重要的，就是您得听我的建议，安拉会保佑您的。"

哈扎维教长压低声音，悄悄说道："我什么时候能跟法提娅共度新婚之夜？"

"快了，就快了，只要安拉愿意。"

"那生儿子的事呢，哈吉·伊斯梅尔？我猜，这事没指望了?"

"没有什么事是不可能的。您是神的子民,这一点您应该很清楚。"

念珠在哈扎维教长的指间飞速转动,他急促地念道:"赞美真主,赞美真主!"

哈扎维教长扶着墙,慢慢站起来。念珠在他手里左右摇摆,他又重复了一遍:"赞美真主。"他一边穿上上衣和罩衫,整理好头巾,一边不停赞美真主。他慢吞吞地走向门口,瘦削的身体似乎被沉重的负担压弯了。他听见法提娅小声呻吟起来。他不明白这些日子她是怎么了。她变了。她甚至不像从前那样跟他置气了,大部分时间都躺在家里,也不再去探望她的姑姑,也许是因为他每次都会发脾气,还会试图阻止她出门。正如他向她的父亲解释过的那样,哈扎维教长的妻子跟其他男人的妻子不一样。她的丈夫负责宣扬安拉的教诲,维护村里的道德与虔诚。这个男人的妻子不该被其他人看到。就算是近亲,也不该看到她的身体,脸和手掌除外。她应当生活在他那充满关切与尊重的家中,终生不得出现在别的地方。当然有两次例外。第一次是她从父亲家迁居丈夫家。第二次则是她离开丈夫家，去往坟场中属于她的那一方坟墓。除此之外……

这位父亲晃了晃脑袋，满心同意地说道："哈扎维教长，您确实是最受敬仰与尊敬的人哪。"然后他便同意了这桩婚事。

然而法提娅躲在炉子上方，拒绝回应任何人，所有想让她明白事理的努力都白费了。

"真主想将你从田里的毒日头、尘土、牛粪、每餐的干面包和腌菜里救出来。你可以整天在阴凉里休息，吃白面包和肉。你将成为哈扎维教长的妻子。这个男人致力于侍奉真主，打理清真寺，带领全村人做祷告，过着虔敬的生活。"哈吉·伊斯梅尔扯着嗓子喊道，仿佛想让声音所及之处的每个人弄明白这是怎么回事。

然而法提娅依旧躲在炉子上方，拒绝回应。

哈吉·伊斯梅尔转头去看他的父亲，生气地问道："马苏德，现在我们要怎么办？"

"您也看到了，哈吉·伊斯梅尔，这丫头不愿意。"

"你的意思是，在你家是这丫头说了算？"

"可我能怎办呢？"这位父亲不知所措地问道。

"你能怎么办?"哈吉·伊斯梅尔吼道,他看起来怒火中烧,"这是男人该问的问题吗?揍她,我的兄弟,揍她一下、两下、三下,难道你不知道吗,女孩和妇人只有被好好揍一顿,才会心服口服。"

马苏德沉默了一会儿,然后喊道:"法提娅,赶紧给我过来。"

然而,他没有得到回应。于是他爬到炉子上面,扯着她的头发把她拉出来,揍了她几下,直到她从炉子上下来。然后他把她交给哈吉·伊斯梅尔,当天她就嫁给了虔诚的老教长。

哈扎维教长握紧手杖,打开房门。他拄着手杖走了,法提娅侧耳倾听,他往外走时手杖也笃笃作响。她太熟悉这个声音了。自新婚之夜起,这个声音就一直在她耳中回荡。她骑驴去哈扎维教长家时,这个声音刺穿了裹在她身上和头上的厚披肩。她能听见,他走在她身侧的小路上时,手杖一直笃笃敲着地面。她的父亲穿了一身新长袍,产婆奥姆·撒贝则穿了一条黑色的长裙。头巾严实地裹在头上,她没法看到这个老女人的样子。她什么也看不见。

但她能感觉到。那个女人的手指在她两腿之间探寻鲜血时,她感到火烧火燎地疼,还感到一股湿黏的热流涌了出来。她没看到干净的白毛巾被染红了,也没看到女人的指甲在她身上刮出的伤口。不过,她发觉自己的处子之身已被证实,因为耳中回荡着鼓点和女人们雀跃的尖叫与颤抖的高喊。

她把手伸到头巾里,擦去鼻子和眼皮上的汗水,可汗水还是不断从发根渗出,流到她的脸上、鼻子上、胸口和后背。在她身下,驴背上粗糙的皮毛变得越来越湿。驴背挤压着她两腿之间的部位。她能感到,驴子的脊骨硬硬地顶着她体内仍在流血的地方。他们每走一步,塔布拉鼓[1]每敲一下,驴背都会随之起伏,瘦瘦的脊骨忽上忽下,摩擦着她的伤口,每一次摩擦都令她感到一阵剧痛,她张开嘴,发出无声的哭喊。温热的血和身上的汗水一起流下来,胯下粗糙的驴毛已经湿透。

一行人终于到了她那虔诚的丈夫家门前,大家把她

---

[1] 塔布拉鼓(tabla),一种埃及传统手鼓。

从驴背上卸下来,然而此时她已经无法站立,倒在了周围站着的人怀里,像一袋棉花似的,被扛进了家门。

她意识到自己已经不在街上,而是进了屋子,因为空气中有潮湿腐败的味道。她确信虔诚与正直的味道应该很好闻,便觉得一定是因为自己的鼻子出了问题,周围的空气闻起来才像常年不洗的公厕。她不知道自己哪里出了问题。自孩提时代,她便觉得自己不够纯洁,感到身上有个部位肮脏堕落。后来有天奥姆·撒贝到了她家。听说这个老妇人会给自己切掉身上肮脏堕落的部位,她开心极了。当时她只有六岁。

奥姆·撒贝完成了自己的任务,便离开了。她两腿之间多了一个小伤口。伤口流了几天血。伤口痊愈后,她仍然感到身体中残留着某种肮脏的东西,每隔一段时间,她就会流上几天血。每逢经期,周围的人看向她时都会交换眼色,或者干脆避开她,好像她身上有什么腐坏的东西。

后来,她嫁给了哈扎维教长,每当来例假时,教长也会避开她,仿佛她是麻风病人。若他不经意间触到了她的肩膀或胳膊,他会祈求安拉庇佑,让他免遭撒旦的伤害。然后他会走进卫生间，洗五次澡，要是他已经洗过澡了，就会再洗一遍。另外，他不允许她读《古兰经》，他诵读时，也不允许她在场。不过，待她经期一结束，洗完澡，彻底清洁后，教长就会允许她做祷告和背诵经文。

每天晚上，在她入睡前，哈扎维教长都会让她坐在自己对面的礼拜毯上，教她做祷告。她不明白他在吟诵什么，这些话很难懂，她不停地请他解释其中的含义。然而他的回应既令人沮丧又相当粗暴，他坚持说，安拉的话和祈祷仪式无须理解，只要记住。于是法提娅极力尝试记住它们。哈扎维教长的指令一直在她耳中回响。

"祷告由几个既定的身体动作组成：下跪，每次下跪拜倒两次，然后跪坐，脚放在身下，同时背诵作证言[1]。此外，还有几项准则必须严格遵守。男性腰部以下膝盖以上都要用衣服裹好。女性要将整个身体遮蔽起来，手掌和脸除外。祷告开始时，必须站直，直视前方，双脚

---

[1] "我作证：万物非主，唯有真主，独一无二。我又作证：穆罕默德是真主的仆人和使者。"

在地面上伸直。当称颂安拉全知全能时，男性必须举起双手，与耳齐平。女性的手则与肩膀齐平。接下来，男性需将右手放在左手上，然后双手贴在小腹上，女性要将双手放在胸前。

"下跪和拜倒时，动作必须做完整。下跪时，重复三次'我赞美全能的主'。拜倒时，重复三次'万神之主，我赞美你'。如果你说了与祈祷无关的话，或者大笑，或是在沐浴后弄脏了身体，尤其是让身后的通道排出气流，那么你的祷告就没用了。"

于是，法提娅每晚都坐在礼拜毯上，重复相同的仪式。然后她会背诵圣诗《圣座》，或是其他诗篇。她眼皮发沉，经常跪着跪着便睡着了。安拉的话在她耳中回荡，哈扎维教长的手在她大腿间摸索。她陷入沉睡，仿佛献身于一个男人，她叉开双腿，在献给真主的祷告中渐渐失去了意识。

法提娅把耳朵贴在墙上，密切留意哈扎维教长走路时手杖敲击地面的声音。他若是撞上了地上的什么东西，她能立刻分辨出来。他目力很弱，手杖和脚总会被某样东西磕绊或缠住，也许是一只死兔子，也许是一只死猫、一块砖头、一颗卵石。他会站在门边,挥挥手杖,将它扫开。有时他在跨越门槛时会被长袍绊住,差点摔倒,有时鞋底会踩上一块粪肥,或者一坨昨夜拉在门前的狗屎。他咒骂着狗和人,手里的念珠剧烈地摇摆。

不过这次,他绊上的既不是死兔子,也不是死猫,那东西会动,还活着,也比兔子和猫大多了。他吓了一跳,怕是撞上了鬼魂,或者夜里的精灵。片刻后,他听到一声微弱的呻吟,尽管他老眼昏花,但朝地上一看,便发觉那东西像一张粉红小脸,闭着眼睛,睫毛边缘挂着泪珠,张着嘴巴,双唇轻轻颤动,吸进空气时带着嘶音。

他静静站了一会儿,完全不敢移动。难道安拉回应了他的祈求?还是哈吉·伊斯梅尔的符咒终于起了效?这个孩子像是从夜空中掉下来的,不偏不倚地落在他的门前,就像耶稣从天上降临到圣母马利亚休憩的树下。

他张开嘴,微微哽咽。安拉无所不能,愿他的名字被称颂,愿赞美传至上天。他依旧像雕塑般纹丝不动。狭长的脸比往常更长,不过在微弱的曙光下,这张脸变得清晰了。他的眼神有些迷离,其中一只眼睛上有个白点,闪着神秘的光。黄色的念珠磨损得厉害,因为与憧憬和祷告为伴的一生里,他花了无数时间来摩挲这串念珠。而现在,他虽醒着,珠串却停止了转动,这还是平生第一次。

新一天伊始,卫队队长结束了夜巡,走在回家的路上。他撞见哈扎维教长站在门口,一动不动。他从未目睹哈扎维教长这样站着,也没见过他的脸变得这么长、这么憔悴。仿佛现在他有两张脸,上面的那张是哈扎维教长的,而下面的那张跟哈扎维教长毫无相似之处,它也不像任何卡弗埃尔特人的脸,甚至不像这个世界上任何人的脸,虽然队长并没有见过太多外地人。它不像活人的脸,也不像死人的脸。他只知道,这可能是一张魔鬼的脸,或者圣徒的脸,甚至是神的脸——可惜他不知道神的脸是什么样子,因为他从没见过。

他突然停下了,像块石头,定在那里,盯着那个陌生而恐怖的身影,他从没见过这样的东西。那东西不像人类,不像圣徒,不像魔鬼,不像主创造的任何东西。他眼见着它弯下腰,从脚边拿起一样东西。出于警卫的本能,他感到自己的手指在随身携带的手杖上慢慢合拢。他正要将它高高举起,用尽全力砸向那个垂在地上的脑袋。然而就在此刻,他看到了一张粉红小脸,紧闭的眼睛下有两行泪痕,他听到哈扎维教长的声音在吟诵:"没有主,我们将极其不幸,没有主,我们将一事无成。"

"哈扎维教长,这是什么?"卫队队长大声喊道。

"天堂来的天使。"哈扎维教长喃喃道。

"为什么不是魔鬼,或者魔鬼的儿子?"卫队队长问道。

哈扎维教长依然魂不守舍,答道:"这是安拉的礼物。"

他还没说完,法提娅的脑袋从大门里探了出来。"别这么说话,扎赫兰队长,"她气呼呼地说,"这是安拉的礼物,安拉的赐福。只有犯了罪的人才应该被定罪。"

她伸出手来,一把抢过哈扎维教长手中的孩子,而教长依旧站在原地,仿佛不知道发生了什么。她关上门,把孩子抱到胸前。她能感觉到血液流经乳房,令她一阵刺痛,肉体深处仿佛移动着许多小小的蚂蚁。她从外衣的领口拉出乳房,然后按压乳头,让白色的乳汁从黑色的小孔里流出来。她把婴孩的脑袋小心地裹进自己的头巾,然后将乳头塞进喘着气的贪婪小嘴。

5

黎明的微光几乎难以察觉,悄悄爬上了天际,哈扎维教长的声音也在空中飘扬。它飘过低矮的泥屋,穿透灰暗的墙壁,落在堆着粪肥的蜿蜒小道上,传到坐在家里的卫队队长耳中。他没像往常一样,一结束漫长的夜巡就脱掉衣服,也没让妻子给自己做点吃的,甚至没像平时那样双脚一踢,将皮靴甩到墙角,仿佛想摆脱戴在脚上的沉重镣铐。

他倚着垫子,瞪大眼睛,目光没有焦点,靴子牢牢裹在足踝上。他不断捋着浓密的长须,在田里或河岸上看到一具死尸,却不知道凶手是谁时,或是一桩罪行发生,自己却一直被蒙在鼓里时,他就会这样捋胡子。

哈扎维教长的声音穿过村庄,传到他的耳中,他转头看向妻子,微微张口,似乎想告诉妻子卡弗埃尔特前夜发生了什么大事。然而这次妻子抢先一步。"内菲萨,就是卡夫拉维的女儿，逃跑了。"她一口气说完这句话，手跟着抖了一下，跟丈夫踢掉沉重皮靴时双脚的动作一样。这消息是昨天晚上一个邻居悄悄告诉她的。漫长的夜里，她一直辗转反侧。消息沉重地压在她的胸口，折磨着她，然而又令她隐隐愉悦，就跟怀孕似的。她迫切地等待黎明的到来，因为那时她就可以将这份重量卸给别人，就可以享受亲口告诉丈夫这个消息的喜悦，而不是让他从别人口中听到：内菲萨逃跑了。

内菲萨这个名字在扎赫兰队长耳中奇怪地响起。那张闭着双眼、带着泪痕的粉红小脸浮现在空中。有那么一会儿，合上的眼皮睁开了，他看向女孩乌黑的大眼，而这双眼睛直直地盯着远处地平线上的某个东西。他松开了胡须，忽然透了一口气，就像溺水的人终于爬上了水面。他的声音响了起来。

"内菲萨？"

"是的，内菲萨。"她说。

法提娅依然紧紧蜷在墙边，将孩子抱在胸前。孩子的脑袋裹在她的黑头巾里，嘴巴则吮吸着她的乳头。若是她没把耳朵贴在墙上，也许就不会发现墙壁随着内菲萨的名字而震动。她突然松了一口气，就像一个溺水的女人发现自己竟然浮出了水面。

"内菲萨？"

内菲萨的名字回荡在黑暗的房间里，穿透泥屋的墙壁，爬过堆着粪肥的小径，升上堆着粪饼和棉花的参差不齐的矮屋顶，它越升越高，抵达清真寺的尖塔和塔顶上的新月。没过多久，它就重重敲击着村长家的高墙和铁门。它在他的耳中回响，跟哈扎维教长一日五次的祷告召唤一样。教长总是站在卡弗埃尔特的最高点，而这个村庄就像躺在尼罗河畔的黑色霉菌。

坐在村长身侧的是他的幼子塔里克。他刚上大学，这会儿来村里度假。他听着她的故事，眼里闪着十九岁青年想到女性身体时才会发出的光芒，虽然触摸不到女人的身体，但想象和语言都给他带来了慰藉。"上个礼拜我们在大学的厕所里发现了一个小孩。再上个礼拜，我们撞见一对情侣在一间空教室里接吻。如今在卡弗埃尔特有个女孩生了孩子，还把它丢在了村里教长家的门口，然后逃跑了。爸爸，现在的女孩可真是不知羞耻。"

"是的，儿子，你说得很对，"村长答道，"女孩和女人已经完全不知羞耻。"说话间，他迅速地瞥了一眼妻子紧身裙下裸露的大腿。她交叉双腿，几乎难以遏制自己的怒火，激动地说："怎么不说是男人不知羞耻？"

村长笑了："那不是什么新闻。男人一直不知羞耻。不过如今女人将美德抛诸脑后，这会酿成大祸。"

"为什么是酿成大祸？为什么不是变得平等或者公正？"

儿子摇了摇满头的长卷发，责备地看了母亲一眼。

"不，妈妈，我不同意你说的平等。女孩跟男孩不一样。女孩最珍贵的东西就是美德。"

村长的妻子讥讽地轻笑起来，笑声中略带鼻息，令人想起要是妓院老鸨听到这番话，可能会发出更粗犷的大笑。她扬起一边的眉毛，说道："是吗，塔里克先生？现在你戴上了教长的头巾，谈起了'贞洁'二字。上个礼拜你从我的手提包里偷了十镑，去找那个女人，她的住址我现在已经很熟了，当时你的美德去了哪里？去年你侵犯了女仆萨迪亚，为避免丑闻，你叫我将她赶出去，那时你的美德又去了哪里？还有，每当你扑向家里的女仆，你的美德去了哪里？这样的事太多了，现在我不得不只雇男仆。请你告诉我，当你忙着在电话里、隔着窗户或者站在阳台上追求女孩时，你的美德去了哪里？我们在迈哈迪[1]的邻居已经跟我抱怨了好几次，难道你不知道吗？"

她言语间针对的是儿子，却一直瞧着村长，已经难掩怒气。儿子看到村长脸上僵硬的表情，便知道熟悉的争吵又快在他们之间爆发了。于是儿子立刻将话题转回内菲萨身上。

"父亲，你觉得哈扎维教长会收养这个小孩吗？"

"他似乎有意如此，"村长说，"他是个好人，而且没有孩子。这些年他的妻子一直想要个孩子。"

"那么问题就解决了。"儿子一锤定音地说道。

"问题根本没有解决。只要没揪出肇事者、没能报仇雪恨，这些农民就不会平静下来。"母亲插了一句。

撂下这句狠话，她便站起来，回了自己的房间。儿子没有注意到，父亲下颌的肌肉开始颤抖。他假装在摸

---

[1] 迈哈迪（Maadi），埃及地名，位于开罗。

下巴，摩挲一个旧疙瘩，好掩饰紧张的抽搐。他的蓝眼睛看向别处，仿佛思绪已被其他事情占据。他沉默了好一阵才开口："我在想那个人会是谁。会是卡弗埃尔特人吗？大概率是。不过，也可能来自别的地方。"

"内菲萨这样的人完全不了解卡弗埃尔特之外的世界。"男孩说道。

"为什么这么说？"

"唔，这些农家女孩，你知道的，她们太单纯了。"

"我不觉得内菲萨有那么单纯。我还从没见过有哪个女孩的目光像她那样厚颜无耻。"

"是的，她确实是一个相当鲁莽的女孩，不过那个男人肯定也很轻率。"

村长急忙说："所以我才觉得这个男人不是卡弗埃尔特人。我认识这里所有的男人，但我不觉得他们有谁胆色过人，更别说有胆干这种事了。你不觉得吗，塔里克？"

塔里克沉默了一会儿，眼前闪过一张张自己认识的卡弗埃尔特男人的面孔。他听见父亲在问："你猜得出那人是谁吗？"

那些面孔继续在他眼前闪过。一张脸突然跳了出来，定在那里。也许是他的眼睛从众多闪过的面孔中将这张脸挑了出来。他端详着这张脸，越来越好奇。心中有个声音在说："埃尔瓦。"他不知道为什么在自己见过的所有面孔中，唯独这张脸令他印象特别深刻。他从没见过埃尔瓦和内菲萨在一起。埃尔瓦住在村子的东郊，内菲萨相反，住在村西。然而，当他开始认真思考谁能和内菲萨的生活扯上关系时，埃尔瓦的脸立刻从他脑海深处跳了出来。他只和他面对面遇上过一次，倒是时不时远远地瞥见他扛着锄头走在路上。他总是沉默，从不和任何人说话，也不会转头看向店铺或房屋。迎面遇上别人时，他不会主动打招呼，即便遇上的是卫队队长或清真寺教长，甚至是村长。

没人敢说自己曾见过他跟内菲萨在一起，或者与卡弗埃尔特的任何女性在一起。不过大家每天都看到他在犁地挖土。礼拜五人人都去清真寺，站在哈扎维教长身后，让教长带领大家做礼拜，而他此时依然留在田里劳作。日落之后，他坐在河岸上，看水流过，或是凝望地平线上矗立的树木。如果有人经过，他不会回头，如果有人向他打招呼，寂静中就会响起他低低的问候，但他的身体还是一动不动地坐着。

男孩的嘴唇微微翕动，念出了埃尔瓦的名字。然而，如果此时有人问他，为何在村里这么多名字里，唯独想到了埃尔瓦，他很可能答不上来。他只与埃尔瓦面对面见过一次。不过，这唯一的一次似乎已经足够让他看清埃尔瓦的眼睛。当他看到埃尔瓦的眼睛，他便意识到，这双眼睛与其他男人的眼睛不一样。这双眼睛不是紧盯着地面，而是骄傲地直视前方，这种骄傲在内菲萨的眼睛里也能找到。他现在记起那天的情形了，霎时发觉他俩的眼中有种联系，不，那是一种令人难忘的纽带。他说不清他们眼里到底有什么，但是毫无疑问，它就在那里，深深地藏在那里。他与两者相遇的记忆已经沉入脑海深处，完全被遗忘了，而他们眼里的东西却被长久地记住了。

不过，埃尔瓦的面孔出现在他眼前时，他便明白了，事物永不褪色，也永不消亡，即便它们只是沧海一粟，昙花一现。因此当他的父亲重复那个问题时，他听到内心深处有个声音在说："埃尔瓦。"

父亲重复了一遍："埃尔瓦？"他惊讶地睁大了眼睛，因为他还没来得及开口说出这个名字，至少他自己觉得如此。他一直坐在那里，在心底琢磨着这些事。可当父亲念出这个名字时，那张他只见过一次的面孔就从黑暗跃入了光明，从一个模糊的印象变成了真实的存在。他的声音从他内心深处升起，传入外面的空气。

"埃尔瓦？！"那个声音说道。

村长又念了一次这个名字，仿佛这次是为了让它变成一个不可磨灭的事实。

"埃尔瓦。"他说。

铁门大开，走进三个男人：哈扎维教长、扎赫兰队长和哈吉·伊斯梅尔。他们鱼贯而入，走向村长的座椅。没人知道他们有没有听到村长讲出那个名字，但他们异口同声地说道："埃尔瓦。"他们的声音在房屋周围的院子里回荡，爬上红砖垒砌的高墙，穿透煤油灯点燃之前的泥屋，将被家家户户重复。然后这声音跃上屋顶，坠入蜿蜒的小径和街巷，在太阳还未落山、还未照亮地球的另一边之前，它已四处蔓延。

塔里克倚在栏杆上。阳台下面就是尼罗河，河水殷红。他看着太阳沉下远处的地平线,看着孩子在岸上嬉戏。他能听见,他们排成参差的队形,唱着歌,一边跳舞一边拍手。

赶骆驼的,赶骆驼的
是内菲萨和埃尔瓦
内菲萨,内菲萨,埃尔瓦在篮里
埃尔瓦,埃尔瓦,内菲萨在田里
赶骆驼的,赶骆驼的
是内菲萨和埃尔瓦……

他诧异地睁大了眼睛,仿佛不敢相信自己的耳朵。"妈妈,真的是埃尔瓦吗?"他转头看向站在旁边的母亲,结结巴巴地问道,惊讶得几乎透不过气来。

"我怎么知道?"她恼火地答道,"你怎么不去问问你的父亲——村长大人?"

6

这天是礼拜五。炽热的太阳像个火球,悬在天空正中,炙烤着卡夫拉维的脑袋。他的双眼似乎完全浸在太阳的红光中,汗水从他身上的每个毛孔里渗出,流到他的脑袋、脖子、胸口和大腿上。当汗水从大腿滑过,流经小腿,滴在粗糙皲裂的光脚上时,他能感觉到,它又热又黏。他湿透了,就像尿了裤子。他把手伸进长袍,摸了摸自己的身体,已经分不清自己摸到的是汗还是尿,也分不清自己的肌肉是放松还是紧绷,是静止还是在动。他只知道自己的胳膊和腿仿佛失去了控制。他的身体似乎脱离了他的意志,成了一块巨大的肌肉,自行紧绷或放松、静止或移动,他就站在那里看着,简直不敢相信,这具从来由自己控制的身体竟变成了这样,仿佛他的灵魂已经离开了身体,在远处盘旋,或者另一个灵魂占据了他的身体。

眼见着自己干燥皲裂的光脚走出农田,他震惊了,不知道到底发生了什么。他的脚怎么能这样自顾自地走出农田呢?他试图发力,想要阻止它们,有那么一会儿,他觉得自己成功了,然而它们依旧不受他的控制,缓慢地踏出农田,走到牛棚——一天之中的这个时候,只有躲在这里,才不会被灼热的阳光晒到。

这不是真正的牛棚,只是用竹竿、棕榈叶和玉米秆搭起来的棚子,糊上泥巴,就有了四面墙和一个屋顶。夏天水牛可能会躺在里面,到了冬天,卡夫拉维也会在它的庇护之下休息上几个夜晚。

水牛趴在那里,天气太热时,她总这样。她用深邃的大眼睛盯着黑泥墙,嘴巴里慢慢嚼着某样看不见的东西,一遍又一遍,每次呼吸,嘴角都会泛出细小的白色唾沫。

卡夫拉维的身体坠在地上,挨着她躺的地方。他用同样安静深邃的眼神盯着某个地方。他试图调动眼皮上的肌肉,想闭上眼睛睡一会儿。然而那双眼睛依然睁得大大的,一直盯着黑泥墙。水牛看着他,大眼睛里蒙上了一层水膜,像未成形的泪水。她伸长脖子,他们的脑袋靠在了一起。然后她开始用嘴唇摩挲他的脖子，像母亲在爱抚孩子。她似乎想对他说些什么，似乎想问问他出了什么事。他把头靠在她的脑袋上，在她的脸上擦干自己的泪眼，把焦干的嘴唇凑近她的耳朵，小声说："噢，阿齐扎，内菲萨不在这儿了，她跑了。"

于是卡夫拉维开始向水牛倾诉，告诉她发生的事情。她似乎回应了他，而他不知怎么的竟听懂了她的话。因为自他睁开双眼，第一次看向周围的世界起，水牛便一直在他附近，不是在田里，就是在屋里。在他学会走路、学会说第一个词之前，他就发现，每当他独自站在某个阴暗的角落，以孩童独有的方式痛哭时，她总会用静静的大眼睛看着他。

等他开始学会在地上爬行，他做的第一件事就是爬向她。他能感觉到，她用光滑的嘴唇轻触自己的面颊。不知道为什么，当他的嘴唇变得焦干时，她总能知道。她会慢慢走向他，直到她的乳头离他的嘴巴很近，他睁开眼睛，看到长着黑色乳头的饱满乳房正悬在那里。乳汁的味道在他四周飘浮，他伸长脖子，紧紧吮住乳头，几乎立刻感觉到有温暖的乳汁流入了自己口中。

当他能够念出几个词时,他开始喊她的名字。他叫她阿齐扎,于是无论何时她听到这个名字,都会转头看他,她的眼睛仿佛在说:"我在,卡夫拉维。"他每天学会一个新词,而她每次都以不同的眼神来回应他。慢慢地,他们学会了对方的语言。有天她向他诉苦,她围着系在水车上的牛轭转圈时,被他的父亲打了几棍。那天他对父亲起了恨意,不肯跟父亲一起吃饭。父亲用同一根棍子揍了他,试图强迫他吃饭,但他固执地拒绝了,没吃晚饭就上了床。

女儿内菲萨小时候见他跟水牛说话,很是好奇。"水牛跟我们一样,会说话,也能听懂我们的话。"他跟她说了很多次。那时内菲萨自己还没学会说话,不过她似乎明白他在说什么,用乌黑的大眼睛给了他一个心领神会的眼神。她点点头,大笑起来,有时甚至会伸出小手,想玩他的胡子。他张开嘴,轻轻咬住她光滑的小手指,作势要咬下去。每次他这么做,她都会咯咯大笑,然后迅速抽回自己的小手。然而有天,他真用牙齿咬住了她的手指,仿佛要将它吞进肚子。她痛得大叫起来,惊恐地躲开了他。从此之后,她时不时会怕他,尤其当他突然沉下脸来时，那张脸看上去就像水牛的脸。水牛的脸跟卡夫拉维的脸一样，有时也会令她害怕。内菲萨常常跟水牛玩，还会拉她的尾巴，可水牛会突然变脸，就像父亲那样。她的表情不再平静乖顺，而是阴沉愤怒。她的大眼睛里充满恐怖的眼神，她随时会蹬出蹄子，或者埋头撞向内菲萨。有一次，她甚至在内菲萨的腿上狠狠咬了一口。

卡夫拉维用前额摩挲着水牛饱满的乳房，张开焦干的嘴唇，咬住黑黑的乳头。他能感觉到，温暖的乳汁流进了他的胃里。他的眼皮放松了，慢慢覆在了眼睛上。乳汁继续流向小腹，流到他的胯下。他感到有什么东西被填满了，鼓胀而勃起，就像一个不属于他的奇怪器官。他用手掌按住它，想把它按回去，但它并不屈服。他看着它逃出来，突破身体与意志的极限，仿佛完全失去了控制。它慢慢爬向柔软的乳房，吸进女性的气息，舔舐着熟悉的湿润，滑入温暖的深处，在巨大的寂静中迷失了自己，像永恒，也像死亡。过了一会儿，它试图抽身，再次进入能自由呼吸的新鲜空气。然而孔洞紧紧收缩，像意图扼死它的有力手指。它挣扎求生，似困兽一般疯狂抽搐，爆发出全部的战斗力，然后它倒下了，像倦眼上疲惫的眼皮，臣服于深沉的睡眠。

不过，他很快就睁开了双眼，因为听到了一声尖叫。那不像任何人类发出的声音，不像男人的，也不像女人的。甚至也不像动物挨揍时的叫声。那是一声充满恐惧的奇怪尖叫。

他从前听到过一次，那是很久之前了。当时他趴在尘土飞扬的地上，母亲蹲在他旁边。她在筛精面粉，不过大大的黑眼睛一眨不眨，一直注视着他，完全没看别的地方。他感到她的目光像一双温柔的手，轻抚着他的脸。突然，他听到了尖叫声。那撕裂空气的叫声太过惨烈，他竟没认出那是母亲的声音。不过他的目光猝然看向了她。染红的精面粉洒得到处都是，包括她的手上、脸上和头发上。她的眼睛依然睁得大大的，还在一动不动地凝视着他，然而不知何故，她的眼神变了，那不再是他熟悉的眼神。这双眼睛属于别人。他的母亲一定是出门了，她随时会回来的。他转头看向门口，瞥见一双从未见过的眼睛，窄窄的，像两条细缝。这双眼睛盯得他心里发毛。他低下头，闭上眼，小憩了一会儿。不过他没有真的睡着,他感到有两条胳膊把他从地上抱起来,将他带走了。他想睁开眼睛看看四周,又怕那双细缝般的眼睛正恐怖地盯着自己,于是任由自己被这双强壮的胳膊抱着。他的脸蹭在一个坚硬宽阔的胸膛上,那个胸膛散发着奇怪的体味。那个未知的生物将他从地上掳走,带着他走了很远的路,似骆驼般大步前行,他赤裸的小脚垂在空中,随着那人的步子左右摇摆。

尖叫声再次撕裂了空气。他一跃而起,想也没想,就往声音传来的方向跑去。那声音似乎是从玉米地里传来的,周围的玉米秆随之轻轻摇动。然而,现在一切似乎都如往常一样风平浪静,寂静重重压迫着大地,就像太阳的灼热红光,空气还没来得及流动,就被它扼杀了所有细微的动作。

他越走越近,玉米地骤然分成两半。在那个豁口里,他看到了一双窄窄的细缝般的眼睛,它突然出现,一眨眼又不见了。那双眼睛消失得如此突然,仿佛大地骤然裂开,让它出现,又立刻将它拖回地心深处,他还没来得及注意到自己看见了什么。

他以为自己在做梦,眼看着自己黝黑皲裂的双脚慢慢走向玉米地的中央,那就是事情发生的地方。他内心深处藏着古老阴郁的恐惧,身体因此而颤抖。他试图阻止自己的双脚,有那么一会儿,它们似乎停下了,似乎不再往农田深处走去。然而他马上意识到,它们还在平稳地前进,步子不紧不慢,似乎被一种安静乃至本能的决心驱使着,要将眼前的秘事看个究竟。

他用手臂拨开玉米秆,看到一具尸体躺在地上。尸体周围全是染红的尘土,睁大的眼睛令他想起从前死在地上的母亲。他伸手掰过那张脸,把它挪近,好将它看个清楚。它的发型像男人,身上也穿着男式长袍。他看向它的眼睛,发觉那不是母亲的眼睛,也不像他生平所见的任何人的眼睛。这双陌生的眼睛吓得他往后退了一步,可他还没来得及用手捂住脸,躲开此情此景,一双强壮的手就钳住了他的后背。他耳中响起一阵嘶哑含糊的声音,夹杂着几声令人生厌的吼叫。他转过头,喧哗声更大了。周围人头涌动,双双眼睛都盯着他,过了一会儿,他才认出那双窄窄的细缝般的眼睛,它属于卫队队长,扎赫兰。

7

一切都在以缓慢、沉重的步调移动。圆盘似的红太阳恢宏磅礴，慢慢爬下天空，一步步靠近大地，然后坠下了大地的边缘。农民带着自己的驴子、奶牛和水牛，排成黑压压的队伍，精疲力竭地在土路上缓缓前行，昏暗的暮色中，他们像黏稠的液体，流淌在通向房屋和牛棚的大街小巷。家家户户敞开的大门里，散发着腐熟肥料、排泄物和待烤面团的气味。黑夜尚未用它厚厚的斗篷覆盖大地，河岸上的一切活动都停止了，人和动物都不见了。不过五个脚趾的人类脚印，驴子、奶牛和水牛的扁圆蹄印仍然清晰地印在土路上，中间夹杂着温热浑圆的新鲜粪便。

然而，卧倒在河岸上的尸体已不再温热。河风轻轻地拍着它，吹拂着那件薄薄的旧斗篷，将它从皲裂的脚跟上掀开，这对脚跟属于埃尔瓦。

一阵强风将斗篷掀到一边，尸体的下半身露了出来。透过昏沉的睡眼，哈吉·伊斯梅尔瞥见了一条汗毛浓密的修长小腿，它连着满是肌肉的大腿。他努力撑起眼皮，立刻醒了过来，仿佛有块砖头掉在了他的头上。他猛地坐起来，看看周围，两只眼睛看向不同的方向。当他的右眼直视前方时，左眼似乎在看后面，当他的左眼看向右侧时，右眼似乎又看向了左边。打从出娘胎起，他就是斜眼。对他来说，似乎每样东西都一分为二，或是变成了双数，因为他用一只眼睛看向目标时，另一只眼睛总在争取自由。

他站起来，走向尸体，拽拽斗篷的边缘，试图盖住裸露的肢体。他的手碰到了汗毛浓密的皮肤和皮肤之下的精壮肌肉。他打了个寒战，赶紧回到先前的位置，靠着河岸躺下，卫队队长正在一旁酣睡。他蜷成一团，试图再次入睡，但汗毛浓密、肌肉发达的大腿一直在他眼前徘徊。当他的一只眼睛恐惧地盯着它时，另一只眼睛逃到了眼皮下面，想要躲藏起来。他的思绪回到了十岁那年。表哥约瑟夫比他大，也比他强壮。表哥的手臂和双腿都遍布汗毛，大腿上的肌肉看起来像是皮肤下的肿块，他第一次看到时，心里害怕极了，只想逃跑，可表哥关上了门，他无处可逃。他左右闪避，然而约瑟夫像钢铁一般钳住了他的后颈，把他推到地上，他的脸贴着地面，约瑟夫还把他的长袍掀到了屁股上。他感到一具又壮又重的身体压在自己身上，而自己的鼻子撞击着地面，几乎难以呼吸。过了一会儿，约瑟夫站起来，打开门走了。他在那里躺了一天，一动不动，父亲在店里喊他时，他闭上眼睛，假装睡着了。他听到父亲的脚步声近了，怒冲冲的声音一遍遍喊着他的名字。他开口作答，却没有发出任何声音。过了一会儿，一记重拳落在他的背上。他跳起来，顺从地跟着父亲走向街角的店铺，那里有几个破旧的货架，上面放着一包包茶叶、香料、烟草和几块肥皂。

父亲教他算钱，教他如何用钥匙将钱锁进抽屉，还教他用天平称烟草，只要将一块烟草放进秤盘，然后在另一个秤盘里放上砝码，直到粗粗的铁指针不偏不倚，稳稳地指着中间。

夜里打烊前，父亲跟他一起坐在长凳上，教他给前来的客人打针和开脓肿。

开斋节之后，父亲赶赴麦加朝圣，再也没有回来。父亲给他留下了这家店面，以及一个小包，里面装着一副拔牙用的钳子、用《古兰经》的经文做的符咒、注射用的针头、割礼用的剃刀，还有一瓶早就干了的碘酒。

他躺在河岸上，感到后脑一阵疼痛。他从口袋里扯出一条手帕，用它紧紧扎住自己的脑袋，然后闭上眼睛，尝试入睡。然而就在此时，他看到一个鬼影走向躺在河岸上的尸体。他用拳头推了推卫队队长的肩膀，小声喊道："扎赫兰队长。"

卫队队长一跃而起，大声吼道："谁在那里？"

无人应答。

他用那双窄窄的细缝般的眼睛仔细四下打量，却什么也没看到，然后他开始围着尸体兜大圈，扫视玉米地的各个角落，又沿着河岸和河堤巡视了一遍，没有看到任何能引起注意的东西，便回到了理发师盘腿而坐的地方，眼睛继续在夜色中到处查探。

"你看到什么了，哈吉·伊斯梅尔？"他问道。

"我发誓我看到了一个男人，扎赫兰队长。"

"算了吧！睡一觉，交给全能的主去处理吧。"

"可我看到他走向尸体了。"

"谁会想偷一具尸体？"

"我跟你说了，我看到他了。"

"你能认出那是谁吗？"

"不能，我没看清楚。"

"肯定是埃尔瓦变成了魔鬼，在尸体周围盘旋。"

"魔鬼？这个世界上只有人才是魔鬼。"

他用一只眼睛看着卫队队长，故作天真地问道："杀死埃尔瓦的是魔鬼吗？"

卫队队长立刻答道："不，是卡夫拉维杀的。"

"卡夫拉维连杀鸡都不敢，这一点你很清楚。"理发师说道。

"可如果事关名誉，谁都可能杀人。"卫队队长激动地说道。

"你尽可以这样向村民交代，或者这般告诉调查此事的警官，但别跟我这么说，"哈吉·伊斯梅尔说，"我明白，你这次想一箭双雕。但老实说，这次的凶手是谁？"

卫队队长刺耳地笑起来，然后打着哈欠说道："这只有安拉知道。"

哈吉·伊斯梅尔用一只眼睛看着他:"这些人你都认识,你可以点出其中任何一个的名字。"

这次轮到扎赫兰队长假扮天真:"哈吉·伊斯梅尔,你指的是谁?"

理发师心照不宣地轻轻笑道:"不管指的是谁,早上警官就会带着警犬来了。"

"你觉得狗比人知道得更多吗?"卫队队长讥讽道,"人人都说,卡夫拉维为了内菲萨杀了埃尔瓦。事实也是,很多人看见他跪在尸体旁,双手沾血。他从头到脚都跟这桩罪行脱不了干系。"

理发师又咯咯笑道:"你的确是魔鬼的儿子,扎赫兰队长。"

"我只是臣服于对我们发号施令的人,"他不以为意地打了个哈欠,"事实上,我们都是他顺从的仆人。"

"我们都臣服于神。"

"重要的是,我们都是仆人。不管我们爬得多高,或跌到多低,不变的真相是,我们都是臣服于某个人的奴仆。"

"做祷告时,我们才是主的仆人。但我们一直是村长的奴仆。"

扎赫兰队长对理发师耳语时，眼中闪着光：

"你知道吗，因为栽娜卜，他夜不能寐。我极力劝说她，但她还是拒绝了。"

"肯定是卡夫拉维在背后怂恿。你有没有觉得，他开始起疑心了？"理发师问道。

卫队队长立刻驳回了这种可能。

"没，当然没。只有有头脑、能思考的人才会起疑心。但是这些农民！他们没脑子，就算有，也跟水牛的脑子一样。关键在于，内菲萨走后，除了栽娜卜，没有人能帮卡夫拉维照看家里和田里。我一直在跟他说，要是她去村长家工作，村长会给他整整十镑，她还可以在他家吃喝，过上她做梦也想不到的舒适生活。她的工作只是洒扫房屋，每天工作结束后，她就可以回家了。但他不肯听我的。他的脑袋比石头还顽固。"

"他的女儿栽娜卜跟他一样顽固。我竭力劝说，仔细地给她解释了每一件事，但她就像一头倔驴，"哈吉·伊斯梅尔说，"我看不出她有哪点好。卡弗埃尔特没有哪个女孩不比她有教养，不比她漂亮。"

扎赫兰队长压低了声音:"他对女人的品味很奇怪。而且,他要是喜欢上了一个女人,就没法忘记她。你知道的,他自己就挺固执的。一旦他看上了哪个女人,无论如何都要得到她。"

哈吉·伊斯梅尔张开嘴,打了个长长的大哈欠:"为什么不呢?像他这样生活在世界之巅的人,不知道什么叫不可能。"

"他们就像行走在大地上的神。"

"不,扎赫兰队长,他们的确是神,但是他们不走路,他们开车。我们这样的人才行走在大地上。"

"难道我们只是行走在大地上吗?你好像忘了,我们也睡在大地上。"

卫队队长在斗篷下蜷成一团,闭上了眼睛。哈吉·伊斯梅尔向尸体扫了最后一眼,然后缩进了自己的斗篷。他小声嘟囔道:"多可惜啊,埃尔瓦真是死得太早了。"

卫队队长听到了他的话,也叹了口气:"我们的命都捏在神的手里,哈吉·伊斯梅尔。"

"的确。的确如此。只有安拉能决定我们何时离开这个世界。"

就这样,他们睡着了,确信卡弗埃尔特人的生命被那位他们心中永存的神明捏在手里。很多个夜晚,他们在理发师的店门口与他聊天,或是在他家俯瞰尼罗河的阳台上度过。他们知道,他心中燃烧着对栽娜卜的欲火,只有死亡能浇灭它。他迟早会向她下手的,因为他像所有的神明一样,认为这世上没什么是不可能的。

他们的鼾声从河岸下的栖身之所升到夜空中,鼾声穿过寂静的夜晚,传到藏在玉米秆间的梅特瓦里耳中。他从田里走出来,径直走向尸体。他迈着谨慎的步伐,右腿承受的身体重量比左腿多。

他走路的姿势很独特,卡弗埃尔特的村民都知道,那样子很像一只瘸腿的狗。那是幼年的骨痛落下的病根,至今他双腿一长一短。

他出现在高高的河岸上,月光照在他身上,照亮了他的脑袋,与身体相比,那脑袋显得很大。他的小眼睛埋在一张肿脸里,塌鼻梁下鼓着一双厚嘴唇。他的下唇垂在下巴上,露出内侧光滑的红肉,口水滴在长长的胡子上。

倘若此时村里的孩童见他这副模样，定会跟在他身后齐声大喊："傻子来了。"其中一个孩子甚至会向他扔石子，或是拉扯他长袍的衣摆。而他会无视他们，继续往前走，口水从嘴角流到胸前，他一边走，一边像流浪狗似的，一瘸一拐地喘气。人们会在路上遇到他，他走路时湿润的双眼会呆滞无神地看向房屋和路人，厚厚的嘴唇张着，不停流口水。一天结束，人们会在河岸尽头的坟场附近看到，他正坐在那里抓挠自己的脑袋和身体，他用手指抓住虱子，然后用指甲掐碎它们。

村里的女人从他身旁路过，就会瞄准他叉开的大腿，丢给他半截面包、一根玉米穗，或是一颗桑葚。有时女人会碰碰他，说："祝福我吧，梅特瓦里大人。"于是他会停止搔痒或掐虱子，向她伸出自己的手，无论触到她身体的哪个部位——肩、手、腿，或是其他地方，他都会一把抓住，紧紧攥在手里，然后嘀咕着一些不知所云的话，白色的口水流到黑色的胡子上。

据说，有个饱受瘫痪之苦的女人摸了摸他就痊愈了，还有人说，他曾经帮一个盲人恢复了视力。他是天选之子，熟知疾病，也能洞察未来的秘密。安拉赐予他力量，因为安拉有意在自己的造物中选中最弱的那个。因此,他们叫他梅特瓦里大人。

不过,理发师哈吉·伊斯梅尔称他为"着魔者",卫队队长扎赫兰给他起名"邋遢鬼",孩子们叫他"傻子梅特瓦里"。就他而言,他是梅特瓦里,奥斯曼大人的儿子。奥斯曼大人曾为埋在墓地的死者诵读《古兰经》,不过他已经死了,给梅特瓦里留下的只有破旧的长袍和头巾,一只空着的面包篮,还有封面被撕掉一半的《古兰经》。

此刻,他不再像周围有人时那样瘸得厉害,眼睛也牢牢看向前方,还不时谨慎地四下张望,下唇不再耷拉在下巴上,也不再流口水。要是哪位村民现在看到他,一定认不出来。

他慢慢走向河岸上那具盖着斗篷的尸体。还剩一点距离时,他趴在地上,开始匍匐前进。爬到了尸体的脚边,他便掀起斗篷,把头伸了进去,然后慢慢爬上尸体的小腿,接着是大腿。

这时就算卫队队长睁开眼睛,也不会注意到任何变化。斗篷依旧盖在尸体上。可能有些许轻微的动静,就像难以察觉的波浪，不过这更像空气的吹拂。而且，卫队队长不会想到别的可能性，任何有血有肉的男女，甚至那些到处漫步的鬼魂，也不会想到别的可能性。毕竟，躺在河岸上的只是一具毫无生气的尸体，除了无孔不入的蛆虫，还有什么会对死者有兴趣？

然而，梅特瓦里就跟蛆虫一样，年复一年地生活在死者中间。他每天都蹲在老位置上，在村子尽头的河岸上等着太阳落山。然后他会站起来，一瘸一拐地走下河堤，接着慢慢走向墓地，到死者中间为自己找一张眠床。等他到了那里，却不会立刻躺下休息，他会在成排的坟墓间游荡，不时弯腰捡起死者亲属留下的碎糕点或面包片。吃完之后，他也不会立刻入睡，仿佛在琢磨什么事情。然后，他会突然站起来，顺着一种特定的气味，径直走向某个坟墓。那气味他再熟悉不过，即使隔着一段距离，即使它被其他气味包围，他也能将它辨别出来。那是刚被埋葬的肉体的味道，属于一具身上残留着温热血液和鲜活细胞的死尸。

他用自己结实有力的手指疯狂地掘墓，企图找到埋在地下的肉体，那手指又尖又利，跟猫爪一样。他的手已相当熟练，一把扯开白色的裹尸布，将它紧紧卷成一团，然后埋在地上的坑里。他给裹尸布盖上土，第二天一早，人们还在沉睡，他已将它挖了出来。

做完这些，他就会将注意力集中在尚有余温的尸体上。若是女尸，他就会爬上去，直到自己的脸抵在尸体的下巴上。如果是男尸，他就会把它翻过来，然后再爬上去，让小腹压在尸体的屁股上。

第二天早晨，梅特瓦里会从卡弗埃尔特消失。没人会费心找他，或是寻思他去了哪里。在几里开外的拉姆拉或包豪特，他坐在拥挤街道边的人行道上，位于每周一次的市集的中央，为几码沾上尘土的脏白布跟顾客讨价还价。没人知道，几个小时前，这些白布还在卡弗埃尔特的墓地里，是刚被埋下的尸体身上的裹尸布。

8

　　汽车大声响着喇叭,驶进村庄,身后跟着一阵沙尘、一群小孩和几只流浪狗。从车里走出几位绅士,其中一位身后跟着一个提包的男助手,另一位身旁站着一个牵狗的警察,那只狗一直想挣脱牵引绳的束缚。一行人走来走去,忙着将围观的人群尽量推远,或是用手杖鞭打孩子的屁股。

　　卡弗埃尔特的村民全都聚在了河岸上。男人穿着长袍,每人手里一根手杖。女人将自己裹在黑头巾里。孩子周围飞着成群的苍蝇,个个光着屁股,吸着鼻子。人人都来了,唯独少了三个人。扎克娅像往常一样,蹲在灰扑扑的家门口,栽娜卜也在她旁边。两人都沉默着,用愤怒甚至轻蔑的眼神盯着小路。

　　卡夫拉维也蹲在地上,不过是在村郊的田里,他远远地躲在玉米秆中间,听到有什么声音越来越近,领头的是狗的狂吠乱叫。他意识到，自己的藏身之处一定被人发现了，于是走出玉米地，爬上河岸。有些孩子看到了他，大声喊道："卡夫拉维，卡夫拉维！"然后他们便开始追他，但他跑得更快，跑到了河边。那只狗拽着缰绳猛冲，警察跟在它后面追赶，在他们扑向他之前，他已经跳进了水里。他不知道自己为什么要逃，也不知道要逃向何方。

他只是想离自己害怕的东西远一点，便像无头苍蝇似的逃了。从跟水牛躺在一起开始，他便不知道发生了什么，直到此刻身体碰到了冰冷的河水。

他听到水花飞溅的声音，发觉有人在飞快地游向自己，那人离他越来越近。他伸展手脚，弹出水面，极目远眺，看向对岸，仿佛到了那里就能平安无虞。他忘了对岸其实是卡弗埃尔特村长的橘园。

卡弗埃尔特的村民都聚在河岸上，他们站在后面，前面的队伍是由带着警犬的警官、卫队队长、一些警卫和几位地方警察组成的。他们的目光随河里游泳的人移动，带着观看比赛的热情，好奇两人之中到底谁会胜出。两位泳者的距离拉大时，村民们就暗暗高兴，因为他们希望卡夫拉维能够逃脱，这样警察就没法抓到他了。他们本能地觉得，卡夫拉维不会杀人，也不会犯罪。他们讨厌那个牵狗的警察。他们讨厌所有的警察、所有的官员，以及所有权威和政府的代表。农民对政府的隐秘仇恨由来已久。他们知道，在某种程度上，自己永远是受害者，永远被剥削，虽然大多数时候他们不知道这一切是怎么发生的。

那个警察冷冷地看着眼前的情景，不时抬起手腕看表，仿佛他有重要的约会，希望尽快结束这次行动。警犬似乎也对正在发生的事漠不关心。它躺在河岸上，享受着阳光、绿色的田野与河水，仿佛已经很久没能欣赏这样的自然美景。唯一紧张不安的人是卫队队长。每当两个泳者之间的距离缩短，他就会大声喝彩："干得漂亮，巴尤米。"

卫队队长的声音在巴尤米耳中听起来就像号角，他伸展手脚，更加猛烈地向前冲去。他并不知道自己为什么要这么干。他被派来追捕这个猎物，仅此而已。他的脑子不想思考更多。"抓住他！"这声令下，他就像射出去的子弹，开始全力追赶那个男人。

卡夫拉维光着身子走出河水，跳上河岸，在橘园的树木中穿行。巴尤米紧随其后，他的身上除了那件湿透的衬衫，什么也没穿。他身材高大，肌肉紧实，一张脸又僵又窄、棱角分明，像纸板一般生硬。这是一张警察的脸，脸上既没有喜悦，也没有悲伤、恐惧或期望。这是一张不带一丝感情的脸，毫无表情，什么也不曾表露。这是一张没有五官的脸，就跟手掌一样，你没法从上面洞悉情感或思绪，因为它们被压抑了太久，已经荡然无存。也许这是一张青铜制成的脸，跟门环一样，当屋内的人感到极其惬意温暖时，它就会响起，警告他们门外有人要闯进来。他的身体也如铜铸般结实，当他跑步、游泳或走路时，手脚不知疲倦地稳健摆动，摆幅如此均匀，动作如此持久。这几乎不可能是人类的身体，不可能是血肉之躯，只能是由金属四肢和关节构成的机器人。

卡夫拉维躲在树后，看见了巴尤米。他哆嗦了一下，心中腾起奇怪的恐惧，仿佛他看到的既不是人类也不是魔鬼，既不是活人也不是死者，而是幻化成人形的恶魔。

他感到恐惧像一股冰水席卷了全身。他再也感觉不到自己的身体了，不知道它在做什么，是躲在橘子树后，还是在树丛间穿行。因为身后跟着那个可怕的影子，它不紧不慢地走着，像个机器，正如时钟的指针平稳地走向行刑的时间。因此，那钢铁般的手指在他手臂上收紧时，他感到大限已至，便静静地默念："我作证：万物非主，唯有真主，独一无二。"然后一切都变黑了，他听不见也看不见了。漆黑一片，他的生命仿佛一下子走到了尽头，此刻便是他的死期。

当他苏醒过来，再次能听能看时，他无比震惊地看向四周。他正蹲在一个挤满了人的巨大房间里，人们不断向他投来目光。他面前有三个男人，他们坐在一个高高的桌子似的东西后面。

其中一个人用手生气地比画着什么，还用威胁的眼神盯着他。他再次环顾四周，试图弄清楚这是怎么回事。突然，他感到一个指甲似的尖手指戳进了他的肩膀，同时一个尖细的声音刺穿了他的耳膜："你没听到吗？为什么不回话？"

卡夫拉维开口问道："有人跟我说话了吗？"

那个尖细的声音再次划破空气："是的，你睡着了吗？醒醒，回答大人的问题。"

卡夫拉维不知道"大人"是谁,也不明白自己此刻身在何处。他显然不在卡弗埃尔特了。他也许在另一个村子里,甚至在另一个世界里。他不知道他们是怎么把自己带到这里的,也不知道自己是怎么来到这个房间的。

突然,他听见一个生气的声音对自己说道:"你叫什么?"

他答道:"卡夫拉维。"

那个生气的声音再次问他:"年龄?"

他犹豫了一下才开口:"四十或五十。"

他听到有人笑了,却不明白他们因何而笑。

那个生气的声音继续问道:"你被指控谋杀了埃尔瓦,你最好承认,别兜圈子。"

"承认什么?"他问道。

"承认你杀了埃尔瓦。"

"我没有杀他。埃尔瓦是个好人。"

那个声音说:"你难道没听说吗,他就是那个侵犯你女儿内菲萨的人。"

"我听他们说过是埃尔瓦。"

"你听说了之后,没想过杀他吗?"

"没有。"

那个声音问:"为什么?"

"我就是没想过。"

"一个人的名誉被玷污了,这么做不是很正常吗?"

"我不知道。"卡夫拉维答道。

那个声音听起来非常生气:"这不是很自然吗?"

"什么叫自然?"

他又一次听到了笑声。他惊讶地环顾四周,不明白为什么大家一直在笑。他突然想到,也许大家取笑的并不是他。

那个声音继续审问:"那个礼拜五,你为什么没像村里的其他人一样,去清真寺做礼拜,而是留在了田里?"

"内菲萨走后,我就不再做礼拜了。"

"为什么?"

"以前我去做礼拜时,有内菲萨帮我照看水牛。"

"那你知不知道,埃尔瓦不像村里的其他人那样会在礼拜五去清真寺?"

"是的。"

"你是知道还是不知道?"

"我知道。大家都知道埃尔瓦不去清真寺。"

"为什么？"

"我不知道为什么。大家说他妈妈的祖父是科普特人[1]。不过，只有安拉才知道其中的原因。"

那个声音顺势问道："你是不是讨厌埃尔瓦？"

"不是。"

"你难道不觉得，他这样的人应该践行安拉规定的宗教仪式吗？"

卡夫拉维说："埃尔瓦是个好人。"

"你难道不知道做礼拜能让人远离罪恶吗？"

"知道，哈扎维教长跟我们说过。"

"所以埃尔瓦侵犯了你的女儿，犯下了大罪。"

"大家是这么说的。"

"发生了这么多事，你还坚持说你没想过杀他？"

"是的，没想过。"

"你为什么没想过杀他？"

---

[1] 科普特人（Coptic），埃及的主要民族，多信仰科普特正教。

"埃尔瓦是个好人。"卡夫拉维重复道。

那个声音坚持不懈地问道:"难道你不在乎名誉吗?难道你不在乎自己的名誉和一家人的名誉吗?"

卡夫拉维沉默了一阵,然后答道:"不,我在乎。"

那个声音难掩胜利的喜悦,说道:"所以你杀了埃尔瓦。"

"可我没杀他。"

那个声音再度怒火中烧:"那为什么有人看到你在尸体附近?"

卡夫拉维沉默了,试图回忆,然而他的记忆令他失望了。他一言不发。

那个声音听起来依然恼火:"你为什么要跑,为什么想逃走?"

"我怕那只狗。"

"你知不知道,为什么狗会把你从全村男人里挑出来?"

"不知道。只有那只狗才知道。"

他再次听到房间里响起一阵大笑,便诧异地抬起头张望。为什么大家又在笑?

这下那个声音怒不可遏了："别跟我耍花招。你最好从实招来。你知道等着你的是什么吗？"

"不知道。"他说。

笑声再次在他的耳朵里回响。他的眼神既困惑又惊讶。过了一会儿，他感到钢铁般的手指再次钳紧了他的胳膊，将他带进一条黑暗的长廊。他闭上双眼，喃喃自语："我作证：万物非主，唯有真主，独一无二。"

9

扎克娅依然蹲在灰扑扑的门槛上，栽娜卜还在她身边。两人都陷入了沉默，她们依然用愤怒而轻蔑的眼神看着巷子。在她们面前矗立的还是那扇带铁栅栏的大门。大门站在那里，几乎堵住了路，挡住了河岸和流水。村长不时走出来，他身材高大，肩膀很宽，身边总是围着人。他迈着缓慢而稳健的步伐，走在最前面。他的目光总是看向天空，眼神傲慢又忧郁。他从未低头去看自己踩踏的土地，也从未注意到坐在门槛上的扎克娅和栽娜卜——她们一边静静地思索着什么，一边盯着眼前的男人。

扎克娅把双手搁在大腿上，压着她宽大的黑色长袍。这双手很大，皮肤粗糙皲裂，掌心深深印着锄头的痕迹，因为她挖土时总是攥紧锄头，指甲乌黑，散发着肥料和泥土的味道。她不时抬起双手，托住脑袋，或是擦去黏黏的汗水，或是驱赶蚊虫。栽娜卜坐在她身边，手里忙着筛掉谷物里的糠，或用稻草揉粪，再将它切成面包似的圆饼。她有时会站起来，顶着陶罐，走到河边。她身材高挑，乌黑的眼睛直视前方。她不会看向行人或路边的房屋，也不会看向店铺或牛棚。她不会像别的女孩和妇人一样朝路人微笑或跟朋友打招呼。路过哈吉·伊斯梅尔的店铺时，她会加快脚步。她几乎能感觉到那双蓝眼睛把自己的后背烤焦了。他们死死盯着她，那目光执拗而残酷地撕开她的衣服，啃噬她饱满的大腿与腹部、花瓣似的肌肤、臀上窄窄的细腰，以及如茁壮枝干般挺直的脊背。

她会拉紧头巾，藏好自己的脸，遮住自己的胸。然而无论她是爬上河岸还是走下河堤，那永不止息的目光尖锐而执着，粗暴地刺穿她的长袍，围捕她赤裸的身体，盯着那随步伐、心跳与呼吸上下颤动的隆起的乳房。她走得很快，直视前方，两颊绯红，健康而饱满的双唇颤动着，她轻盈的身体穿过空地，仿佛是在空气中飘移。

到家后，她会将顶在头上的陶罐放到地上，然后气喘吁吁地坐到扎克娅姑姑身边。她的心脏仍在肋骨下扑扑跳着，胸脯不停起伏，额上挂着汗珠，汗水既没干，也没顺着脸颊流到脖子里。

扎克娅会静静地看着她,然后张开干裂的嘴唇,用低沉紧张的声音询问:"发生什么事了,孩子?"

可栽娜卜从未回答,于是扎克娅再次陷入沉默。过了好一会儿她才开口,诉出那经常重复的悲叹。

"我不知道你在哪里,我的儿子加拉尔。我不知道你是活着还是死了。哦,主啊,倘若我确知他死了,我的心就会安息。现在卡夫拉维也被带走了。谁知道他还会不会回来。哦,主啊,加拉尔和内菲萨还不够吗?你要把卡夫拉维也带走吗?我们谁也不剩了,这个家空了。栽娜卜还小,而我已经老了。谁来照料水牛和庄稼呢?"

栽娜卜用头巾擦干汗水,然后说道:"我已经长大了,我会来照料水牛和庄稼,也会照看房子和家里的一切,直到爸爸回来。爸爸会回来的,加拉尔也会的,内菲萨也是。"

"离开的人不会再回来了,孩子。"

"主知道我们的困境,他不会抛弃我们的。"

扎克娅小声嘀咕着,仿佛在自言自语:"谁也不会回来了,离开的人从没回来过,卡夫拉维也是。他不会回来了。"

"爸爸会回来的。您看着吧,他会回来的,"栽娜卜激动地说,"他会告诉他们,他没有杀人,他们会相信的。人人都知道爸爸是个善良的人,他不可能杀人的。"

年老的妇人叹了口气:"这里的人是知道。可在那里,没人知道他的为人。如果加拉尔在这里,就会跟他一起去了。加拉尔认识那里的人,能帮得上他。可惜加拉尔不在这里。他过去总是乐于助人,甚至会帮陌生人,可想而知,知道亲舅舅卡夫拉维遇到了这样的事,他会怎么办。"

"愿安拉保佑他。"

"我的孩子,只靠安拉是不够的。"

栽娜卜瞪大乌黑的眼睛,惊讶地看着她:"全能的主会保佑我们。主是伟大的,会帮助所有人。姑姑,您为什么不站起来洗个澡,祈求主帮助我们?"

扎克娅抬起手,做了个反驳的手势:"我从未停止祈祷,一直在恳求主帮助我们。然而我们的不幸与日俱增,现在又遭遇了新的苦难。"

她的声音并不愤怒,而是遥远、平静,又冰冷。栽娜卜惊呆了，眼睛睁得更大了。她用奇怪的眼神看了看天空。栽娜卜打了个寒战，身上的汗毛竖了起来。她用颤抖的双手握住扎克娅的手。

"怎么了，姑姑？"她焦急地问道，"您的手跟冰一样冷。"

扎克娅没有回答。她继续盯着远方，乌黑的眼睛睁得大大的。栽娜卜搂住姑姑的肩膀，双手仍在颤抖。

"怎么了，姑姑？请告诉我，您怎么了？"她恳求道。

然而扎克娅依然沉默，她直视前方，像一尊雕像。女孩吓坏了，痛苦地捂住自己的脸，尖叫起来："扎克娅姑姑。哦，主啊，扎克娅姑姑一定出了什么事。"

院子里几乎立刻挤满了黑压压的身影，他们成群拥进灰扑扑的门口，从院子里溢到外面的小路上，挤在扎克娅和她死死盯着的大铁门之间。她趴在地上，却仍能看见大铁栅栏朝自己移来。栅栏越来越近，像长长的铁腿，随时可能碾死她。她舔了舔灰尘，嘴里流出黏黏的口水，鼻子和眼睛都贴在地上。她极力大叫，好让母亲听到，让她在水牛的大长腿落地之前将自己抱走。母亲在最后一刻及时赶到,使她免遭灭顶之灾。她睡着时常做这个奇怪的梦。另一些晚上,她会梦见自己站在山巅,突然摔到河里,就快溺亡。不过她全力挣扎,游到了岸边,虽然她并不会游泳。她正要爬上岸,忽然发现面前站着一扇大铁门。她躺在一张席子上,丈夫在一侧,儿子加拉尔在另一侧。听到他们的呼吸声,她睁开眼睛。透过窗上的铁栅栏,她见到有个男人推着一辆手推车,车上装满牛蹄、牛头和牛杂碎。血水不住地从车上滴到土里。他越走越近,目光一直落在她身上。他伸出长长的胳膊,想要脱掉她腿上的袜子。当他贴近时,她发现他的眼睛属于奥姆·撒贝,现在奥姆·撒贝朝她弯下腰来,试图分开她的双腿。然后奥姆·撒贝不知从什么地方摸出一块剃须刀片,割向她的脖子。她想要尖叫,却出不了声。于是她试图逃跑,可是双脚像被钉在了地上。她转过头,看到儿子加拉尔睡在自己身边。她想要抱抱他,可他似乎躲开了。一只手突然从背后抓住了她。她转过身,发现丈夫还在熟睡,但他立刻站起来,开始殴打她的脑袋和胸脯。然后他开始踢她的肚子,肚子里还怀着孩子。她又想尖叫,但是没能发出任何声音。她看向他，他已经贴得很近，开始撕扯她长袍的前襟，直到她的身体露了出来。她感到他的手指抓住了她的乳房，滑向腹部和胯下。他沉重的身体全力压住她，越来越用力地挤压她的肉体，她身下的大地开始摇晃。当她再次睁开眼睛，丈夫阿卜杜勒·穆纳姆的脸消失了，眼前出现了哥哥卡夫拉维的脸。她放声大叫，然而没人听到她的声音。卡夫拉维将脸藏在席子里，痛苦地抽泣着。她伸出手，捧起他的头，可等她看向他的脸，却发现这是儿子加拉尔的脸。她用手掌擦干他眼里的泪水，又从角落里的铁架子上拿起陶罐，用水洗干净他的鼻子和嘴巴。在他周围形成了一个由水面和水柱组成的池子，片刻之后，地面就干了，干燥也爬上儿子的身体。儿子在她眼前迅速缩小，变得跟兔子一般大小，于是她挖了一个坑，将他埋了。就在此时，丈夫从田里回来了，他到处找不到儿子，又开始打她。事情就是这样。每当死了儿子，他就会抄起手里的任何东西，疯狂打她。每当生了女儿，他也会打她。她总共生了十个儿子和六个女儿——唯有加拉尔活了下来并长大成人。其他孩子死在了不同的年纪，生活就是这样，谁也不知道孩子什么时候会死。

她环顾周围那些盯着她的眼睛，小声说道："加拉尔是我唯一长大成人的孩子。可现在他走了，再也不会回来了。卡夫拉维也走了，内菲萨也是。这个家空了，栽娜卜还小。我又太老了，已经没用了。再也没人照料水牛和庄稼了。"

她听到许多人异口同声地说道："主是伟大的，扎克娅。向他祈祷吧，请他把他们平安地带回来。"她没看他们，答道："我已经向主祷告了太多次，我求他怜悯我们，可他好像从没听见我的声音，也从不回应。"

众人又一起喊道："听听她的声音，可怜可怜她吧。哦，主啊，可怜可怜我们吧。唯有您全知全能。没有您的帮助，我们会一事无成。"

10

扎克娅依然蹲在那里。她闭上眼,又睁开眼,然后又闭上眼。她闭上眼时,会看见那扇大门或那扇带铁栅栏的窗户,还有那个在窗后推小车的男人,车上满载滴血的牛蹄、牛头和牛杂碎。他试图拉她的脚、拖她的腿,然后用一把大刀子杀她。她会满心恐惧地睁开眼睛,看看围在身边的人的脸。她只认得出侄女栽娜卜和奥姆·撒贝的脸。她盘腿坐在地上,面前有个煤油炉,炉子上搁着一个锡壶。焚香后白雾腾腾,在空中缭绕,夹杂着嘈杂的人声和她听不懂的词句。她能看见周遭男男女女的姿势和动作,然而弄不清楚他们在做什么。一群妇女围着雾气腾腾的炉子转圈,像在跳舞。她们的胸和臀随着有力的鼓点上下抖动,她们蓬松的长发不住地旋转。她们张开口,缓慢而反复地吟着:"万灵之首,请即令下,附着之魔,速速退散。"一群男人随着鼓点摇晃颤抖。他们戴着白色的头巾,头巾的尾巴长长地垂在背上。

奥姆·撒贝在成群的男女间不停地来回走动,她披着一条长长的麦拉雅[1]。她又矮又瘦,胸部扁平,屁股却很大,她在舞蹈的人群之间来回走动,屁股剧烈地抖着。从前面看起来,她像个男人;从背面看起来,她却是个女人。她的动作敏捷激昂,像个年轻人,面容却已干瘪衰老。跟男人一起舞动时,她摆动着身体,拍打他们的臀部,跟女人跳舞时也是如此。她跳啊,笑啊,然后忽然开始打自己耳光,一边痛苦地尖叫。她讲下流故事时,声音跟背诵经文或念咒语时一样。没人觉得这有什么问题。因为对卡弗埃尔特的村民来说,她是奥姆·撒贝,是产婆,既不是男人,也不是女人,而是没有性别的人,她没有家庭,没有亲属,也没有子女。她住在一间黑泥屋里,与舞者纳福萨的棚屋毗邻。那个屋子在一片荒地后面,离清真寺很近。没人知道她是什么时候到村里的,也没人知道她来自哪里、生于何时。人们甚至

---

1 麦拉雅(melaya),埃及服饰,由长长的黑色丝绸制成,穿戴时可围在身上。

无法想象她也会死，因为总能看到她从早忙到晚，走家串户，帮妇女劳作，给女孩行割礼或打耳洞。谁家小孩出生满一周，她会去屋里撒盐。哪位妇女丧偶第四十日，她会送上安慰。事实上，每一场红白喜事都有她的身影。在婚礼上，她会领头高呼"哟哟[1]"，用指甲花给女孩和妇人染脚指甲；新婚之夜，她会用手指捅破女孩的处女膜，或者在本用来接处子血的白毛巾上洒上兔子血或鸡血，掩饰女孩的处女膜已经破裂的事实。不过在丧仪上，她有无尽的苦痛。她不断用双手扇自己巴掌，痛苦地喊叫，为死者唱哀歌，若往生的是女性，她还会帮忙清洗遗体。她永远忙着为女孩和妇人解决问题，用锦葵[2]的秆子堕胎，必要时掐死新生的婴儿，或是不用丝线扎好脐带，任婴儿流血至死。

她在卡弗埃尔特家喻户晓。她是每个家庭的一分子，哪家人少了她都不行。她是婚礼的见证人，能安排婚姻，

---

[1] 哟哟（yoo yoos），拖长的颤音，用来表达喜悦。
[2] 锦葵（mouloukheya），一种蔬菜，可用来烹饪绿色的蒜味浓汤。它的秆子柔韧纤长，村里的人常用它来堕胎。

给女孩找到合适的丈夫，为男子找到未来的新娘。她会捍卫家庭的名声和年轻女子的贞洁，也会帮忙掩饰任何可能象征不忠、玷污名誉、造成丑闻、招致灾难的事情。她用当地流行的方式替人治病，操办驱魔仪式[1]，又跳又唱，宰杀牲畜，喷洒它们的鲜血，焚香，找到脏东西藏匿的地方。当她碰巧不需要忙活这些事情时，就会在头上顶上一只大篮子，挨家挨户地售卖手绢、熏香、口香糖和鼻烟，或是给人算命，从杯子里解读未来。

扎克娅无论是趴着、蹲着，还是站着，脸上都汗如雨下。她恍恍惚惚，时不时地移动位置，弄不清楚自己当下究竟身处何处。周围的人都在颤抖，摇晃，扑到地上，又站了起来。汗水从他们的每个毛孔里涌出。她能从女人抖动胸部和臀部的方式将她们辨别出来，也知道摇晃着黑色络腮胡和长须的都是男人。

汗水依然无穷无尽地流出她的身体。她不断抬手抹去眉毛和脸上的汗，然而手一放下，就会沾上一片殷红。

---

[1] 仪式的对象通常是女性，驱魔者会一边手舞足蹈，一边念咒语或诵读《古兰经》。

因为奥姆·撒贝亲手杀了一只鸡,她不断将鸡血淋在扎克娅半握的手上、洒在扎克娅的脸上和身上。一个男人将手浸在血里,双手轮流向她洒鸡血。她感到男人的手滑进了自己长袍的领口,带着黏稠的鲜血覆在胸上。此后,许多双手涌上了她的身体,触摸、揉捏或挤压着它,并洒上更多的鲜血,直到她全身都被血水浸透。忽然,一只手重重地沿着她的双腿往上游走,带着鲜血盖住了她两腿之间的部位。她分不清那是一只女人的手,还是一只男人的手,不过它粗暴地按着她。她捂住脸,发出一阵尖叫,像是失控了。她听到周围的人疯狂地念着:"万灵之首,请即令下,附着之魔,速速退散。"尖叫声、哭号声、鼓点和脚步声混在一起,敲击着她的耳膜。一切似乎融为一体,汗和血,男人和女人,一张脸和另一张脸,什么都辨不分明了。她再也分不清奥姆·撒贝的脸和梅特瓦里大人的脸,也看不出栽娜卜和舞者纳福萨有什么区别。栽娜卜的身体似乎变长了,曲线变得更加玲珑,像舞者纳福萨的身体一样摇曳着、弯曲着。她没扎头发,长发在空中肆意摇摆,跟舞者纳福萨在脑袋周围狂舞的头发一样。它看起来比往常更长,向四面八方支棱着。她猛地低下头,长发被甩到身前,盖在了隆起的胸脯上,然后她抬起头,长发又被甩到身后,发梢随着臀部的节奏跳动。她的长袍开了衩,从下摆一直开到腰际,她跺脚时会露出腿上的光滑皮肤。她每跺一下脚,布料就会多裂开一寸,开衩变得更高。现在,人们已经可以从裂缝间窥到她的胸脯、腹部的曲线和狂舞的肉体。周围的身体摇摆、弯曲、扑倒,然后再站起来。现在男人和女人围成了一圈,转个不停。在圆圈的中央,纳福萨和梅特瓦里大人跳着舞。他的手、膝盖或脚每动一下,都会碰到她的大腿、腹部或胸脯。她会抓住自己的长发,全力拉扯,然后大声尖叫:"万灵之首,请即令下,附着之魔,速速退散。"梅特瓦里大人和其他人会一起放声大喊。

扎克娅感到身体似乎在自行移动,仿佛它自有主张。她眼看着自己的脚走向跳舞的人群,自己的身体挤开其他身体,跟着他们一起舞动起来,像他们一样摇摆和弯曲。她用来扎头发的毛线滑落了,头发便如一朵乌云,罩在了脸上。她感到一只手摸到了自己的胸脯,有力的手指掐进了肉里,疼痛比蛇咬更甚。她张开嘴,开始不停地尖叫与恸哭，声音又尖又悲，仿佛在为一生所受的苦难而哀哭。她出生时，父亲因没能添个儿子打了妻子，她这辈子的苦难从那时便开始了。这悲哭由来已久，能追溯到一生中许多痛苦的时刻，例如她跟着驴子奔跑，炙热的大地灼烧着她的脚掌时；例如她尝试吃农民用来佐面包的咸菜和青椒，发觉腹壁深处仿佛缓缓燃起了一股火苗时；例如奥姆·撒贝强迫她分开双腿，用刀片割下她的一块肉时；例如男人们见四下无人，便揉捏她渐渐隆起的胸部时；例如丈夫阿卜杜勒·穆纳姆用手杖打她，然后爬上她的身体，将全身的重量压在她的胸口时；例如她生下孩子，流着血，然后将他们一个个与亡者埋在一起时；例如加拉尔穿上军装，再也没回来时；例如内菲萨逃跑后，孩子们齐声唱起"内菲萨和埃尔瓦"时；例如载着城中绅士和警犬的轿车来到村里，将卡夫拉维一起带走时。

她的哀哭就像一首无尽的悲歌，哭诉着这种令她无法忘怀的时刻，而此生的痛苦没有尽头，似乎和生命一样长，和度过的日日夜夜一样长。她全力拉扯自己的头发，将外衣撕成了碎片，指甲嵌进了肉里，仿佛想把自己的身体撕开，与此同时，哀哭一刻也没有停过。奥姆·撒贝将鸡血淋在她半握的拳头上，洒在她的脸上、脖子上和身上，前前后后都没放过，哀哭却一直没有停下。

"叫吧，扎克娅！"她喊道，"把恶魔赶出你的身体吧。能叫多大声，就叫多大声。"

现在，所有人都扯着嗓门尖叫起来。扎克娅和奥姆·撒贝，纳福萨和栽娜卜，梅特瓦里大人和围在四周的卡弗埃尔特的男男女女。他们的声音汇成一股尖锐的哀号，这哀号和他们的生命一样长，能追溯到他们出生的那一刻，挨揍、被咬、脚底被灼烧的那一刻，苦涩与胆汁一起在腹壁中流淌的那一刻，死亡一个接一个地掳走儿女的那一刻。

11

然而恶魔拒绝离开扎克娅的身体。它依旧寄居在她体内，骑在她的背上，或是踩着她的胸膛。她站起来大口喘气，像是要窒息了，她看见他偎在她胸口，用一双属于加拉尔的眼睛看着她。她把乳房从长袍的领口拉出来，试图将自己的黑色乳头放到他的唇边。可那张脸立刻变成了丈夫阿卜杜勒·穆纳姆的脸。她拿手推开那张脸，可它用责备的眼神看向她时，容貌又起了变化。现在盯着她看的是卡夫拉维的眼睛，这令她心中充满深沉的惊慌。片刻后，他逃到一扇门后，也许那是一扇带铁栅栏的窗户，回来时推着一辆小推车，车上满载滴血的牛蹄和牛头。她感到自己的身体缩进了长袍，想要迅速地朝衣领上啐上一口[1]，然后她开始呼唤自己的侄女栽娜卜。她眼里满是恐惧，不停左顾右盼。等那个女孩来了，她会对她说："栽娜卜，我的孩子，别把我一个人丢下。我害怕。魔鬼正透过窗户的栅栏望着我。"

栽娜卜环顾四周，什么也没看到，于是她对姑姑说："窗户上没有栅栏。"

扎克娅用颤抖的手指指着巨大的铁门，说道："就是这个窗户。"

栽娜卜的目光顺着姑姑的手指看向村长家的大铁门，她拍拍姑姑的肩膀："那是村长家的大门。别怕。睡一会儿吧。我会带水牛下地，黄昏之前就会回来。"

扎克娅抓住栽娜卜的长袍："别，栽娜卜，别把我一个人丢下。"

"那谁去地里呢？要是我留在你身边，谁来养活我们呢？"

扎克娅答道："加拉尔已经带着水牛下地了，你留下

---

[1] 穷人家的女性经常这么做，以为这样就能驱散恶魔。

来陪我。别把我一个人丢下。"

栽娜卜飞快地擦干眼泪,说道:"加拉尔没去田里。我必须去收割庄稼了,这样我们才能还清欠政府的债,否则他们会没收我们的土地,到时我们只能挨家挨户地乞讨了。"

这时,一个男声越过门槛,在屋里响起来:"我们绝不会让扎克娅和栽娜卜做乞丐,只要我们还在卡弗埃尔特,只要我们还活着,这事就绝不可能发生。"

栽娜卜转头看见哈吉·伊斯梅尔站在门口,就在她的面前。他用一只眼睛看着她,另一只眼睛看向别的地方。

她说:"哈吉·伊斯梅尔,我必须去田里,您也看到了,扎克娅姑姑病了。她不吃不喝,甚至不睡觉。她一直会看见东西,听到声音,这让她很害怕。"

"扎克娅被魔鬼附身了,"哈吉·伊斯梅尔说,"除非她听我的建议,照我说的去做,否则魔鬼不会离开她的。"

"哈吉·伊斯梅尔,只要能让扎克娅姑姑好起来,我什么都愿意做。"

他打开自己的旧包,从里面掏出一张纸,上面写着《古兰经》的经文。他念了一些含糊不清的咒语,叠好那张纸,将它放进一个用粗白棉布做的脏袋子里。然后他将袋子挂到扎克娅的脖子上,念起了别的经文和咒语。他念念有词了几句,开始向全能的主祈祷,与此同时,他一直击打着她的头、面孔和胸脯,先是用手掌,然后用手背。

这样忙活了一番之后,他擦了擦自己的脸和手,对坐在姑姑身边的栽娜卜说道:"这个护身符威力无穷,只需要五个皮阿斯特。栽娜卜,现在你仔细听着,照我说的去办。下个礼拜四,你带上你的姑姑,乘车去开罗的巴布埃尔哈迪[1],从那里乘有轨电车去圣栽娜卜寺。你会在那里见到庆祝圣栽娜卜诞辰的人群,他们会吟唱纪念圣栽娜卜的赞美诗。你也会见到很多圣徒。你们俩都要向她祈祷,加入吟唱的队伍,跟那些人一起重复安拉的名字。晚上你们就在清真寺过夜,待在圣女的怀抱中。

---

[1] 巴布埃尔哈迪(Bab El Hadeed),埃及地名,位于开罗。

礼拜五早晨，你们要向天空高举双手，呼喊：'哦主啊，哦主啊，听听我的呼唤。扎克娅姑姑请您原谅她的一切罪行，她不会再做任何触怒您的事。可怜可怜她吧，您是最慈悲的。'安拉会倾听你的恳求，一位圣徒会走到你的扎克娅姑姑面前，从她脖子上取下这个护身符，然后给她重新挂上。同时，他会吩咐她几样事情。等这些事做完，她得付给他一枚十皮阿斯特的银币。然后，你们俩要立刻回来，照他的吩咐去做，不得耽误片刻。仔细记住他的话，因为他说的话就是安拉的旨意。如果你们不照办，安拉的怒气会追着你的姑姑扎克娅不放，魔鬼永远也不会离开她的身体。"

栽娜卜看着他，用深情的嗓音对他说："愿安拉保佑您长命百岁，哈吉·伊斯梅尔。我准备好了，我会带扎克娅姑姑去圣栽娜卜寺，完全照安拉的旨意去做。"

礼拜四前夜，奥姆·撒贝来到她们家中，用尼罗河的净水给扎克娅洗了个澡。几位邻居给她们凑了点钱，用来付巴士和有轨电车的车票，栽娜卜把这些钱包在头巾一角，同时包进去的还有买护身符的五皮阿斯特，以及一枚用来交换安拉旨意的十皮阿斯特银币。扎克娅嘟嚷了几句，像是在自言自语："连主都要向我们讨要点什么，虽然他明知我们一无所有，我的孩子。"

栽娜卜答道："什么都别担心，安拉的赐福无穷无尽，善良的人也比比皆是。重要的是，安拉会原谅你，把你身上的魔鬼赶走。"

12

此刻绯色晨光尚未轻触树梢，鸡啼、狗吠、驴嘶还没划破浓黑，晨祷的召唤没有响起，"哈扎维教长"的喊声也未在寂静中回荡。大木门缓缓开启，如老旧的水车，发出沉闷的咯吱声。两个影子滑了出来，她们的脑袋和肩膀藏在长长的黑头巾里。在清晨第一缕阳光中，栽娜卜的脸显得憔悴苍白。她抬头看天，神情愤怒而轻蔑。跟在她身边的是扎克娅，她的面庞布满皱纹、憔悴消瘦，乌黑的眼睛在暗淡的光线中闪着微光。

黑暗逐渐消退，曙光照在河上，涟漪熠熠发光，就像衰老、忧伤、宁静的脸上漾起了细碎的皱纹。阵阵狂风在高高的河岸掠起尘土，吹下河堤，带去一排排灰暗的泥屋。那些屋子挤挤挨挨，凹凸不平的矮屋顶上堆着干棉花和牛粪饼，窗户只是小孔，像盲人的眼睛，大门是粗木做的，墙壁由泥土垒砌。

村长家的大房子则截然不同，墙壁很高，由红砖砌成，大门高高耸立，是令人望而生畏的黑色，铁栅栏延伸到屋顶，窗户是玻璃做的，四周有木窗框，屋顶比清真寺更高，上面找不到棉花秆、稻草或粪饼的踪影，因为它由混凝土制成，永远一尘不染。

她们盯着眼前的路，朝前走去，在身后尘土飞扬的河岸上留下四只大脚的脚印，每个脚印都有五根微微张开的脚趾。栽娜卜的脚印小一点，也更清晰，因为她的双腿更有力，它们规律地拍打着她的袍子。她凝视着绵延到天际的河水与庄稼，这一切看上去无边无际，她思索着圣栽娜卜寺会在哪里，载她们去巴布埃尔哈迪的巴士又在哪里。扎克娅气喘吁吁，用胳膊搂着侄女的肩，静静赶路，毫无怨言。

在河流拐弯的地方，她们看到了一棵大桑树，一位老年男子和一位年轻女子正坐在树荫里。他们身边放了一个小篮子。栽娜卜停下来向他们打听巴士在哪里。那位老人开口："对，孩子，跟我们一起在这儿等巴士吧。我们也要去圣栽娜卜寺。"

她们挨着这两人，在泥土上坐下。那位老人来回打量着她们，开口问道："孩子，你妈妈病了吗？"

栽娜卜答道："这是我的姑姑。我妈妈好多年前就死了，伯伯。"

"愿安拉保佑她。我们都会死的，这是我们的宿命。不过生病又是另一回事了。愿安拉免你遭受病痛的折磨。"

栽娜卜看了看坐在他身旁的年轻女子，发现女子的眼睛一直盯着远处，似乎对他们的交谈毫无兴趣。她问老人："伯伯，这是您的女儿吗？"

"不，这是我的妻子，"他答道，"她原本身体好好的，我不知道发生了什么。几乎是一夜之间，她就开始不吃不喝，整夜醒着，无法入睡，还老是自言自语。我带她去看教长，一位接一位。他们给她戴护身符，我们还安排了一场驱魔仪式。我花光了所有的钱，却毫无起色。阿巴斯教长建议我带她去汉志[1]朝圣，这样她就能拜访安拉的家乡。安拉会宽恕她的罪孽，赶走附在她身上

---

[1] 汉志（Hejaz），是阿拉伯半岛人文地理名称，位于沙特阿拉伯王国西部沿海地带，辖区有麦加和麦地那。——编者注

的恶灵。但我向阿巴斯教长解释，我很穷，已经把所有的钱付给了那些教长。我没办法筹到这次行程的旅费。于是他叫我带她去圣栽娜卜寺。我会恳请圣栽娜卜代表我妻子，与主商量，请他宽恕她的罪孽。教长建议我带上一篮无花果，将它献给圣栽娜卜。我以安拉之名起誓，孩子，为了筹到旅费，我挨家挨户地乞讨。就这样我带来了这篮无花果，踏上了去圣栽娜卜寺的旅程，希望安拉能治好她的病。"

"主是伟大的，伯伯，"栽娜卜说，"他不会抛弃她的。"

老人瞥了一眼扎克娅。她静静地坐着，盯着地平线，仿佛没留意他们的对话，或者听不见他们说话。老人问道："你要带她去圣栽娜卜寺吗？"

"是的，伯伯。"栽娜卜答道。

"她没个男人陪着吗？难道没人照顾你们吗，孩子？"

"没有，除了安拉。我们还有一头水牛，留给邻居奥姆·苏莱曼照看了，为了报答她，我们会帮她干田里的活儿。"

"主会与你们同在,我的孩子。愿主庇佑你,庇佑所有需要他的人。"

栽娜卜举起双手,伸向天空,说道:"哦,主啊,愿您与我们同在。"

圆圆的太阳爬上了更高的天空。大地越来越热,空气似乎凝固了。栽娜卜把头靠在树干上,想闭上眼睛小憩一会儿,然而巴士的声响突然传来,她立刻醒了。巴士在附近急刹车,扬起一阵灰尘。它向一侧倾斜得厉害,仿佛被轻轻触碰一下,就会翻倒。车尾黑乎乎的,排放出夹杂着灰尘的黑色浓烟。扎克娅把胳膊搭在栽娜卜身上,爬上了台阶,老人搀着自己的年轻伴侣,也上了巴士。巴士里面满是人和篮子,他们设法挤了进去,成了其中的一分子。空气中混合着尘烟,他们觉得自己被这闷热的空气包围了。扎克娅和那位年轻的女子跟其他乘客一起,蹲在司机旁边。老人和栽娜卜跟大多数其他人一样,依旧站着。巴士突然启动,栽娜卜向后跌倒,全身的重量都压在了身后的老人身上,他失去了平衡,又倒在了站在过道里的其他乘客身上。一眨眼工夫,站着的人都倒在了坐着的人身上,巴士内满是层层叠叠的空气和肉体。过了一会儿，巴士开始沿着河岸缓缓前行。那些跌倒的人得以摆脱窘境，站了起来，一切又恢复了正常。栽娜卜挨着老人，站在过道里。

巴士继续负重前行。坏掉的车窗窸窣作响，时不时会有一块玻璃从车门上掉下来。半数的座椅没了椅套，零件也松了，它们一边摇晃，一边不断发出金属碰撞的噪声。巴士走在一条表面满是坑洼的路上，噪声震耳欲聋，仿佛随时会从接合处崩开。车轮间不停滴水，就像一个已经没法控制膀胱的老人，只得让尿从蹒跚的双腿间流出。这辆巴士就像一个烂醉的老水手，一路踉跄。车尾不断喷出黑烟。每到河流拐弯的地方，它都会向一边严重倾侧，仿佛随时可能跌进尼罗河里。然而每次司机都会跳起来，使尽全力旋转方向盘，及时将巴士从一场即将发生的灭顶之灾中救回来，而巴士会猛地倾向另一侧，显然要摔下河堤，掉进沟渠，不过，至少沟渠是干的。但司机似乎熟知巴士的状况，他会重复上一个动作，直到巴士的四只轮子同时落在河岸上。然后他便放下心来，再次坐稳，眯起眼睛，看向路面，仿佛他在开车时，最渴望做的事就是能彻底闭上眼睛，坠入一场熟睡。他干瘪枯黄的脸上带着疲惫的神情,身后是缠着头巾的人头、长长的袍子、四肢、用稻草或柳条编织的篮子。

扎克娅坐在巴士的地板上,闭起眼睛,脑中满是一张张脸和一个个身体,它们全都紧紧地挤在一起。她此前从未乘过巴士,也从未见过这么多人挤在这么小的空间里,自己的身体也从未像此刻这样剧烈抖动。巴士不时猛烈晃动,令她恐惧地睁开眼睛。她觉得地面就快翻转过来,压上车顶,或者巴士就快翻倒,车顶贴着路面。她不住地往自己的长袍领口吐口水,念叨着作证词:"我作证:万物非主,唯有真主,独一无二。我又作证:穆罕默德是真主的仆人和使者。"仿佛这已是她生命的最后一刻。巴士里,很多声音在她耳中回响,几乎异口同声地重复着相同的话,一遍又一遍。

某些瞬间,她觉得自己似乎已经死在了巴士里,但随后又活了过来。巴士继续在尼罗河边往前行驶。她抬起头,想看一眼尼罗河,可周围的身体挡住了车窗,遮住了车门,她只能看到巴士漆黑的车顶,上面仿佛积了一层煤烟。

直到栽娜卜拉了拉她的手,说:"下车了,姑姑。"她才意识到,车已经停了。

她扶着栽娜卜的后背,下了巴士。她的脸非常苍白,眼睛似乎比往常更黑。她环顾四周,没看到河流与河岸,也没看到泥屋和土路,只见宽阔华丽的街道、宏伟的建筑、穿梭不停的轿车和叮叮作响的有轨电车,那声音又奇怪又刺耳。这里的人也不一样。女人穿着高跟鞋和紧身衣,露出一部分大腿和胸脯。满街都是多到数不清的绅士。对面是成排的商店,街上的节奏很快,几乎可谓忙乱,人群和车流不停穿行,发出尖锐嘈杂的噪声。她紧紧攥着栽娜卜的手,尽量贴近她的身体。

"我头晕,栽娜卜,"她说,"别离开我。抓紧我的手。我不知道是自己的头一直在转,还是周围的东西在转。"

然而,栽娜卜也头晕目眩。她用乌黑的大眼打量着周围的一切,越看越惊讶。老人也开始靠向栽娜卜,年轻女子紧紧牵着他的手。他们四个人站在人流中央,靠在一起,互相鼓气。他们惊讶地张大了嘴,环顾四周,或是不停转圈,与周围熙熙攘攘的行人一样忙碌。

过了一会儿，他们排成一行，开始沿着一堵高墙往前走，生怕脚一落地，就会被卷进疾驰的车轮里，因此每踏出一步都很小心，克服着心中的恐惧。栽娜卜向一位路人打听，哪里能找到去圣栽娜卜寺的有轨电车。那人指着一根拔地而起的柱子，说道："站在这儿等车来。"

他们站在男人指明的地方，周围到处是人。栽娜卜抬起头，发觉街道上方有长长的电线，绵延不绝。他们的对面矗立着一座高楼，电线后面有一幅巨画，画上的女人叉开双腿，仰面躺着，三个男人拿枪指着她。

她把脸藏在头巾里，小声说："无耻。"

人们上车下车，步伐细碎，互相推搡，仿佛这样就能挤出一条路来。栽娜卜抓住一根铁栏杆，把扎克娅拉上车，让她在自己身后站着。接着轮到年轻女子，她后面跟着小心护着无花果篮的老人。然而，就在他挤开一条路时，篮子从他肩上滑落，掉到了电车的轮子下面。老人追着篮子跳下车。有人开始尖叫，接着尖叫声此起彼伏。无花果滚落在台阶上，四散在沥青马路上，被往来行人的鞋子踩得稀烂。列车员立刻吹响口哨，电车紧急刹车。

扎克娅没看到发生了什么。她不知道电车是在移动，还是停了下来。她闭上眼睛，以免头晕，等再次睁开眼睛，身体已在随着列车摇晃。栽娜卜坐在她身边，在她前面有一扇小窗，透过这扇窗户，她能看见街上满是来回走动的行人，也能看见马路一侧的宏伟建筑。很多建筑上贴着巨幅海报，海报上面的女人几乎一丝不挂，她们叉开双腿，躺着、坐着或是站着，这些女人面前总是站着手握手枪的男人。她感到车里发生了什么事，便用手指紧紧捏住栽娜卜的手，问道："发生什么了？"

"那个老人，"栽娜卜说，"跌到车轮下面了，他没能去圣栽娜卜寺，倒是进了卡斯尔艾尼医院。"

扎克娅用手比画了一下，仿佛指了指车窗外天空中发生的事情。"只有安拉是全能的，我的孩子。是这个世界太疯狂，还是你的扎克娅姑姑脑子不清楚？"

"愿安拉令您健康，让您的神志清明如初。感谢安拉，您很健康，姑姑，而且安拉会让您变得比造访圣栽娜卜寺前更健康。"

"永远祝福您，我们的圣女。"扎克娅喃喃道。

13

在拥挤人流的裹挟下,扎克娅和栽娜卜的身体几乎融为一体。人群挤满了圣栽娜卜寺,寺庙周围、通向寺庙的窄道上、有电车穿过的主路上、寺庙前的大广场上,也都人头攒动。穿着长袍的人们混作一团。与男人不同的是,女人头上戴着黑色头巾。庞大的人群光脚走在路上,他们的脚趾又大又扁,脚跟黝黑皲裂,手掌粗糙起茧,掌心有锄头、犁或汤布尔[1]留下的凹痕。他们的面孔苍白、憔悴、瘦削,眼睛又黑又大,惊讶地瞪着,或是恍惚地眯着。他们大口喘息,将空气吸进肚子里。

扎克娅紧紧拉着栽娜卜的手,贴着栽娜卜的身体,几乎与栽娜卜迈着相同的步子,她不希望彼此之间有丝

---

[1] 汤布尔(tambour),一种原始水车,靠人手转动。

毫间隙,害怕在茫茫人海中走丢。可就在她们朝前走时,有人从她们中间挤了过去,眨眼间,扎克娅看不到栽娜卜了。然而,不知为何她不再感到害怕或孤单。周围的一切都很熟悉,她都认得,也都经历过。人们身上披着的长袍跟自己的一样,人们身上的汗味也跟自己的一样。人们的面孔、脚、脚趾、走路的姿势、目光和说话的方式,也都跟她一样。她是拥挤人群的一分子,而拥挤的人群也像是她的一部分。

她不再恐惧,也不再在人群中寻找栽娜卜的身影。因为她看到的所有面孔都跟栽娜卜的一样,听到的所有声音都令她想到栽娜卜。甚至他们的话,他们讲话时的声音和语调,他们向天空高举双手,不断齐声呼喊的那句"哦主啊,救救我们吧,哦主啊",都让她觉得周围的这些人就是栽娜卜。

他们要么病了,要么盲了,要么年轻,要么衰老,要么是被抱在臂弯的孩童或婴儿。他们要么是各大教派的教长,要么是乞丐或小偷。他们要么是巫师、算命的、画护身符的、唱圣歌的,要么是圣徒、主的传话人、守天门的。他们全都跟扎克娅和栽娜卜一样,整齐划一地举起粗糙的双手,齐声高呼:"哦,主啊。"

栽娜卜也不再寻找扎克娅。不计其数的面孔之中,她的面孔只是人海中的一粟;无数条长袍之中,她的长袍只是无尽宇宙里的渺小一点。在摇摆于风中的手的丛林中,她的手也举向天空。无数齐声长呼的声音中,她的声音也像一声绝望的哀号:"哦,主啊,救救我们吧。"扎克娅的声音同样从她内心深处升起,穿过她的双唇,高亢而尖锐,仿佛来自一个被宰割的脖子、一个受到重创的胸膛。

"哦,主啊!"栽娜卜喊着,心跳得很厉害,它似乎在扑向她的肋骨,摇撼着她长袍之下的小胸脯。她的眼里闪着神秘的光,就像暗夜里照在寂静小溪上的月光。她不时因埋藏在内心深处的奇异狂热而颤抖,血涌到脸上,泅出少女的红晕,仿佛这是她第一次为谁动心。

于是她高喊着"哦,主啊",每喊一声,她都觉得自己离他更近了一点,这样他就能听到她的声音,感受到她的呼吸,她也能听到他的声音,感受到他的呼吸。她的身体与他合二为一,她颤抖了,突然感到恐惧,这恐惧更像沉沉的忧愁。同时她也感到宽慰,这宽慰更像深深的愉快。她想哭泣，想喜悦地尖叫，想闭上眼睛，想完全投身于他，想尽情享受这种宽慰的感觉，这种身体不再紧张的感觉，这种她从未体验过的深深的愉快。然而不知怎么的，她内心深处仍然恐惧而忧伤，仍然精疲力竭，仍然焦虑不已，这让她无法入睡，甚至没法闭上眼睛。于是她长久地枯坐，眼睛睁得大大的，几乎不知道周围发生了什么。

突然，她听到有人在喊自己的名字："栽娜卜！"她立刻意识到，那是主的声音。她整夜都在呼唤他的名字，现在，他也开始呼唤她了。她小声说道："哦，主啊。"他应道："栽娜卜。"她走向那个声音，仿佛身处梦境。她不知道自己是在用腿走路，还是用翅膀飞行。周围挤挤挨挨的无数身体、耳中回响的无数声音都慢慢后退，直至消失，广阔的天地间空空如也，只回荡着一个声音："栽娜卜。"她看见眼前的团团浓雾或浓烟中浮现出一张脸。那不是男人的脸，也不是女人的脸，不是孩子的脸，也不是老人的脸。这张脸跟奥姆·撒贝的脸一样，不辨雌雄，看不出年纪。这颗头颅没有戴黑色头巾，而是围着一块巨大的白头巾，头巾垂到双眉之间，盖住了额头上半部分坑坑洼洼的黝黑皮肤。脸上的皮肤也斑斑驳驳、凹凸不平，就像天花留下的痕迹。眼睛很小，没有睫毛，甚至没有眼皮。两个黑洞一动不动地盯着栽娜卜。

"你是卡夫拉维的女儿栽娜卜吗？"那个声音说道。

她瞠目结舌，惊恐地说道："是的。"内心深处有另一个声音在问："他是怎么把我从这么多人当中认出来的？"这时，另一个声音立刻答道："赞美安拉，他无所不知。"

"你的姑姑扎克娅在哪里？"那人问道。

她内心的声音再次响起："他也知道我的姑姑叫扎克娅。太惊人了……"

她环顾四周，想知道姑姑去了哪里，可哪里也找不到姑姑的身影。然而，片刻后她便发现，姑姑的手依然紧紧地攥着她的手，姑姑颤抖的身体依然紧紧靠着她的身体。她能听见姑姑小声念着经文、说着话。

那人走近扎克娅，将他黝黑粗糙的手伸向她的衣领，用手指夹住她一直戴在身上的护身符，然后将它从她的脖子上取了下来。他背诵了几句经文，停了一会儿，又给扎克娅戴上了护身符。扎克娅专注地看着他的一言一行，眼神虔敬，似乎就要跪下来，卧倒在他的脚边。他手上的动作刚停下，她便弯下腰，满怀热情地将嘴唇贴在他的手上，开始自言自语。那人任由扎克娅吻着他黝黑粗糙的手，转向栽娜卜：

"你的姑姑扎克娅病了。她之所以生病，是因为你一直违背安拉的旨意，而你姑姑曾经鼓励你这么做。不过安拉是仁慈善良的，只要你不再违背他的旨意，照他说的去做，他就会原谅你们。他会治好她的病，如果他愿意的话。愿他的名字被世人称颂。"

他们向天空举起双手，齐声高呼："我们感谢并赞美您，因为您最宽宏大量。哦，主啊。"

"你们今晚就在圣栽娜卜寺过夜，"那人说道，"明天黎明之前，你们就启程回卡弗埃尔特。然后，你们要用尼罗河里的净水沐浴，在沐浴时，你们要继续吟诵作证言。穿戴完毕后，你们要立刻做祷告。先跪拜四次，然后逊奈[1]四次。此后你们要背诵圣诗《圣座》十次。次日

---

[1] 逊奈（Sunna），一种额外的跪拜仪式，能彰显更大的宗教热情，带来更多的赐福。

黎明之前，栽娜卜要用尼罗河的净水再沐浴一次，同时重复三遍作证言，接着在破晓之前做祷告。做完这些事，她应该在太阳升起之前打开家门，站在门槛上，面朝前方，背诵十遍《古兰经》的第一篇经文。她的面前会有一扇大铁门，她会走向铁门，打开它，走进去。在房子的主人命令她离开之前，她绝不能擅自离开。那座房子的主人是一个高贵伟大的人，他的父亲也高贵伟大，他那美好而虔诚的家庭受安拉和先知的赐福。与此同时，扎克娅应该带着水牛下田，将它系在水车上，抡起锄头干活，直到午祷时分。一听到午祷的召唤，她就该放下锄头祈祷，先跪拜四次，然后逊奈四次。祷告完毕后，她应该继续保持跪拜姿势，背诵十遍《古兰经》的第一篇经文，然后向天空举起双手，重复十次'哦，主啊，原谅我'。做完这些，她就可以站起来了，用手掌擦擦脸，要是真主保佑，她就会发现自己已经痊愈。"

扎克娅深深地弯下腰，狂热地将嘴唇贴在那只黝黑粗糙的手上，一边喃喃道："哦，主啊，我感谢并赞美您。哦，主啊，我感谢并赞美您。"

在此期间，栽娜卜一直不停地背诵赞美与感谢主的诗篇。她全然沉浸在神圣的赐福中，竟忘了照哈吉·伊斯梅尔的吩咐，给那人十皮阿斯特。不过男人自己提起了这事。她用还在颤抖的手解开头巾一角，取出硬币交给他，并亲吻了他的手，仿佛自己是在向主献礼。在她内心深处，有个声音一直在惊讶地低语："哦，主啊，他知道卡弗埃尔特和我们的房子，也知道屋前矗立的大铁门。"

那人消失在人群中，跟他出现时一样迅速。扎克娅和栽娜卜站在原地，她们相互偎依，心里满是惊奇与深深的谦卑。她们不时疑惑地朝对方看上一眼，仿佛为了确定刚刚发生的一切都是真实的，不是她们的臆想，她们确实听到了主的声音，甚至见到了他，至少见到了他的一位使者或圣徒，他将不为外人道的秘密告诉了这人。扎克娅感到自己的身体比之前轻快了一些，那只似乎一直紧紧攥着自己的铁手松开了一点。她不再需要倚在侄女栽娜卜身上，因为她的双腿又恢复了力气，可以轻松地支撑起她了。

栽娜卜发觉姑姑走在自己的身边，似乎已经能够自主行走，她惊讶地睁大了眼睛。

"姑姑，您已经好一些了，"她小声说道，声音里满是敬畏，"看看您走路的样子。"

老妇人答道："我的身体没那么沉了。哦，主啊，您确实宽宏大量。"

"主是伟大的，"栽娜卜说，"我不是告诉过您很多吗，安拉会帮助我们的，您应该向他祈祷，耐心等待。"

"是的，孩子，你之前一直这么跟我说。"

"我之前违背了主的旨意，拒绝祈祷。扎克娅姑姑，您也是。"

"我没有拒绝祈祷。是附在我身上的恶魔拒绝祈祷。"

"真主保佑，只要我们照他的旨意去做，附在您身上的恶魔就能被赶出去了。"

"那位大人的话，你都记住了吗？"扎克娅问道，"我一直在颤抖，没法记起他的话，我怕我们会漏掉什么。"

"什么都别担心。他说的每一个字，我铭记于心。"

"愿真主保佑你。"扎克娅动容地说道。

14

于是，那天黎明之前，栽娜卜高高举起陶罐，将尼罗河的净水倒在自己的头上和身上。她用净水擦拭胸脯，小声念了三次："我作证：万物非主，唯有真主，独一无二。我又作证：穆罕默德是真主的仆人和使者。"水流到她的腹部和大腿上，她一边背诵作证言，一边擦拭身体。她擦干长长的黑发，紧紧编好辫子，穿上干净的长袍，用黑头巾包住脑袋和肩膀，惊疑不定地走到门口，然后慢慢地推开了大门。

绯红晨光在天际浮现，不过太阳还未升上天空。她知道太阳升起的方向，便盯着那里，用轻柔的嗓音背了十遍《古兰经》的第一篇经文。然后她向铁门走去。她依然害怕，但现在她步伐稳健，非常稳健。她走到大门前，不由得战栗，不是因恐惧或怀疑而战栗，而是因深深的喜悦而战栗。现在她知道自己必须做什么。她的心跳得很快，吸气时胸口鼓鼓的，身体因期待而紧绷。她的双腿在长袍下面颤抖着，乌黑的大眼睛看向天空，希望有什么不凡的景象出现，因为主的旨意将被执行。

村长见她出现，惊讶地瞪大了自己的蓝眼睛。她的面孔、眼睛和抬头走路的姿势，立刻让他认出这是栽娜卜。他揉揉眼睛，再次看向她，诧异地问道：

"谁让你来的，栽娜卜？"

"是安拉让我来的。"她说。

"可为什么这次你愿意来？"

"因为这是神的旨意。"她几乎在自言自语。

村长笑了，下了床，走向浴室。他刷了牙，洗了脸，然后看向镜子里的自己，又笑了起来。大笑从他心中涌出。他压低声音，自言自语道："魔鬼，魔鬼的儿子。你可真是个狡猾的小流氓，哈吉·伊斯梅尔。"

等他梳洗完毕，便走出浴室，开始寻找自己的手表。他在一张小桌子上找到了它。手表的指针指向六点。他露齿而笑，喃喃道："从来没有哪个女人一大早就过来找我。我得先喝杯茶，才能清醒过来。"

栽娜卜还站在他离开的地方。他走向她，用对孩子说话的语气说道:"听着,栽娜卜。我想要一杯茶。你会泡茶吗?"

"会,主人。"她用急于取悦对方的语气说道。

"跟我来,我带你去厨房,希望我洗澡的时候你能把茶泡好。"

看到白瓷做的水池、闪闪发光的金属水龙头、彩色的墙壁、窗帘,以及一下子就能点着的炉灶,栽娜卜惊讶地张大了嘴。她痴迷地打量着水沸腾时会呜呜尖叫的烧水壶、雕花漆彩的杯子,以及银汤匙。周围的一切都是新鲜的,她以前从没见过,仿佛自己被送到了另一个世界。她的手指每次拿起某样东西,都会微微颤抖。她的心跳得很快,胸口上下起伏,双腿不停颤抖。

一只茶杯从她手指尖滑落,掉在了地上。她捂着胸口,缩到墙边,大口喘气。她盯着地上的碎片,仿佛犯下了滔天大罪。乳白色的地板上,瓷片如彩色水晶般闪闪发光。村长享受着自己的热水澡,忽然听到杯子掉在地上的声音,随之而来的是一声惊恐的喘息。他一边用香皂慢慢擦拭自己的胸膛和腹部,一边微笑起来。他想:"这些单纯的女孩多么令人兴奋啊,将她们的少女之躯搂入怀中就像折下一枝初绽的玫瑰,多么令人愉快。我真是厌透了那些假模假式的开罗女人,她们就跟我那满眼无畏的妻子一样。没有什么东西会令她心悸或恐惧。我抚摸她或抱紧她时,她冷冰冰的身体不再颤抖,就算我咬她一口,她也毫无反应。"

他披上一件粉色丝绸睡袍,走出浴室,来到厨房,发现栽娜卜依然捂着胸口,贴墙站着。她的嘴唇微微张开,像快窒息了。她一直盯着地上四散的碎瓷片,不久前,这些瓷片还是一只完整的漂亮茶杯,价值不菲到超出她的想象。

他清澈的蓝眼睛若有所思地打量着她,神色轻松而健康,仿佛在仔细掂量一个无价之宝。她浓密的黑发在背后编成两条辫子,鹅蛋脸被太阳晒成了棕色。她的胆怯如此令人兴奋,他不禁心旌荡漾。她饱满的双唇呈现自然的红色,像早晨沾上露珠的花朵一般微微潮湿。她的胸脯轮廓清晰、圆润紧实、微微上翘,仿佛受狂跳的心脏驱使,不停起伏。她的眼睛又大又黑,像受惊的孩子似的,挂着两行泪水。

他走到她身边,微笑着说:"你在哭吗,栽娜卜?"

她低着头，用微弱的声音应道："它从我手上滑了出去。原谅我，主人。"

她抬起手擦眼泪。他感到热血翻涌，便走近一些，伸出手温柔地帮她擦掉余下的泪水。

"别害怕，栽娜卜，"他小声说，"这只杯子，连同杯子的主人，都是你的。"

他正要将她抱在怀里，又立刻改了主意。他要是这么做，她只会更害怕，最好等她习惯了新环境和眼前所有第一次见到的东西。

与此同时，扎克娅牵着水牛到了田里，将它系在水车上，然后用自己的锄头深深凿地。她一直侧耳倾听，生怕错过午祷的召唤。哈扎维教长的声音终于传来，圆盘似的太阳炙烤着她的头顶，她汗如雨下，从发根到脖子，再到后背与胸口。她感到汗水顺着大腿流下，不知道那是汗，还是膀胱憋不住的尿。午祷的召唤刚停下，她就把锄头扔到一边，走向附近的河流。她洗净脸和脖子，又洗净身体，缘河跪下，无比热诚地拜倒。她跪拜了四次，又逊奈了四次。祈祷完毕，她继续跪着，将《古兰经》的第一篇经文背诵了十遍。随后她向天空举起双手，重复了三十次："哦，主啊，原谅我。"她停下来，用手擦了擦脸，突然感到一阵轻松，仿佛昏昏欲睡。她的眼皮逐渐沉重，片刻后便在河边沉沉睡去。

无论正午的太阳有多猛烈，都无法穿透村长家厚实坚固的混凝土墙。不过，村长感到浑身燥热难耐，仿佛赤身露体站在骄阳之下。他依然穿着粉色丝绸睡袍，坐在椅子里读晨报。哥哥的照片出现在其中一页，他扫了一眼，便迅速翻过，开始看社会名流的新闻，于是他得知舞蹈家吐哈刚刚离婚，演员娜萨就快与第四任丈夫完婚，以及歌手阿卜杜勒·拉赫曼去医院做了阑尾手术。他想看体育新闻，却卡在了印着哥哥照片的那一页，他发现自己又在盯着它，便浏览了一下文字，发现内阁成员重组，他的哥哥现在是一位部长，地位比从前更加显赫。他咂舌嗤笑。没人比他更了解这人，因为这是他的哥哥。没人知道这人有多蠢，理解力有多差，只是一个工作狂，"就跟蒙着双眼、绕着水车不断转圈的水牛似的"，他想道。

他任由报纸从手中滑落，闭上了眼睛，但他突然记起要给妻子打个电话，问问小儿子的考试情况如何。他的手刚伸向电话,就听到浴室里倒水的声音。他想起栽娜卜一早就来了家里,而且她打扫了整个屋子,现在只剩下浴室。他脑中闪过一个想法:"为什么不去浴室一试?"但他立刻赶走了这个念头。不知为何,他觉得栽娜卜不像她的姐姐内菲萨那样单纯随和,毕竟内菲萨没她这样谨慎多疑,他不知道栽娜卜为何如此,他甚至有点害怕。对,害怕。也许因为她是内菲萨的妹妹。是的,内菲萨的事至今是个秘密,可谁知道呢?也许这次没法轻易掩饰过去。他试图驱散这些忧虑。谁能发现这些事呢?他凌驾于怀疑与法律之上,甚至凌驾于规范普通人的道德准则之上。卡弗埃尔特没人敢怀疑他。他们也许会怀疑安拉,但是怀疑他……不可能。

然而,他忽然想起来,卡弗埃尔特有三个男人几乎知道他所做的一切:卫队队长、清真寺教长和村里的理发师。要是离开这三个人,他就没法统治卡弗埃尔特。他们是他的工具、助手,以及管理村中大小事物的手段。可他们知道他的秘密。他相信他们会保守秘密,虽然在内心深处,他觉得在任何事情上都不该信任他们。要是他闭上眼睛,哪怕只闭上一秒,他们就会跟他耍花招,或者从他身上捞好处。但他一直睁大双眼,他还令他们相信,他们睡着时,他能听到他们的呼吸,要是谁敢跟他耍滑头,哪怕只是动一下这个心思,他不但会掐灭这人的念头,也会拧断这人的脖子。

他接连咽了两三口唾沫,口中发苦,很想吐痰,仿佛想摆脱一直压在心头的仇恨。他讨厌这三个人,也看不起他们。可糟糕的是,他意识到自己需要他们,根本离不开他们。正是因为这个原因,他才不得不在某些夜晚与他们聊天、开玩笑、一起大笑,甚至说服自己,他们不仅是他的朋友,而且也许是他仅有的朋友。

他从舒适的扶手椅上站起来,走进浴室,朝洗手池里吐痰,又漱了几次口,想冲掉口中的苦味。他照照镜子,目光不禁落在了镜子里的栽娜卜身上。她将浴缸擦得跟雪花石膏一样洁白闪亮,长袍沾了水,贴在身上,令胸脯和大腿的曲线展露无遗。他仿佛看见栽娜卜一丝不挂的样子,感到一阵热血涌向腹部,他再也没法将自己的眼睛从她年轻的肉体上移开。

栽娜卜从浴缸上抬起头,站了起来,发现村长用奇怪的目光盯着自己,便恐惧地向后退了一步,贴墙站住,仿佛在寻求庇护。然而她在光滑潮湿的瓷砖上滑了一跤，直直地倒在了地板上。

她还没来得及撑着双手站起来，村长的手臂已经环上了她的腰，想扶她起来。他用指尖扫过她的乳房，手掌悄悄抚摸着它的轮廓，直到完全将它包在手心。

她闷声尖叫，一则是她年轻而缺乏经验的乳房很是敏感，被他的手重重一压，感到疼痛；二则是恐惧伴随着寒战，传遍她的全身；三则，她觉得愉快，这种奇怪的愉悦几近狂喜，被拯救的狂喜，终于卸下心头重担的狂喜。现在她可以将自己交到主的手中，将自己的身心都献给他，兑现自己的誓言，享受随之而来的轻松。

他的手在她腿上游移，将湿透的袍子掀到她的大腿上。她听到他的声音在自己耳畔低语，嘶哑低沉，又带着急切的欲望："脱掉你的长袍，栽娜卜，不然你会感冒的。"

他的手从大腿移到了腹部，似乎想将长袍掀得更高一点。然而它湿透了，贴在她身上。他扯得太用力，衣服嘶的一声裂开了。她惊呼道："我的长袍！这是我唯一的长袍！"

他撕开她身上剩下的衣服,紧紧抱住她,在她耳边轻轻说道:"我会给你买一千条长袍。"

他伸出手,打开水龙头,热水淋在她赤裸的身体上。他亲手为她洗去干活时沾上的尘土和污渍,一双手勤快地搓揉着她的头发、肩膀、腹部、大腿和乳房。

他用一条散发着茉莉花香的柔软毛巾擦干她的身体,就像母亲擦拭孩子时那样。她僵硬而沉默,听任他将自己抱到床上。然后,他将她揽入怀中。

15

鸡啼之前,哈扎维教长便睁开了眼睛。事实上,他的眼睛大概已经睁开了好一阵子,他注视着司空见惯的景象,满心狐疑,那不是一种纯粹天真的怀疑,而是一种抓心挠肝、永不止息的折磨。然而,怀疑其实很奇怪,大多数时候,那不是怀疑,而是一种不可动摇的深信,几乎跟信仰一样,他相信眼前的事情是毋庸置疑的真相,就像相信主的存在。

黎明的修长手指从窗缝里伸进来,用模糊的晨光轻抚法提娅的脸。晨光落在靠近他的那半边脸上,既昏暗又苍白。她双眼微睁,似乎在睡眠中也能看见这个世界。她鼻尖翘起,轮廓分明,嘴唇紧闭,仿佛担心有什么东西会在她睡觉时爬入口中。淡淡的曙光照着她光洁的脖子,脖子下面就是已被他解开的睡衣,白嫩的乳房露了出来。孩子的手、嘴唇和下巴都贴在她的乳房上,她将这个小小的身体紧紧搂在臂弯里，仿佛担心会有外力将他抢走。

哈扎维教长的目光依然落在自己能看到的侧脸上，心中半是惊讶半是疑惑。这一侧的脸是不是跟光线还没照到的那一侧大不相同？他到哪里才能找到自己熟悉的五官？两边的脸有什么区别？他确定被光线照到的侧脸不属于他的妻子法提娅，事实上，这一点也不像法提娅。这个鼻子是她的鼻子，这个嘴巴是她的嘴巴，这个脖子是她的脖子，这个胸脯也是她的胸脯，每个部位都是她的，然而有什么东西起了变化，某种难以形容却非常重要的东西。他从未怀疑躺在身边的这个女人是法提娅，也并不怀疑这个女人是他的妻子。他确信这一点，就像确信安拉的存在。这种确信却加深了他的困惑。

这时如果有人看到他的脸，就会立刻发觉，这个男人对一切都没了把握。他的眼睛睁得很大，一动不动，眼眶上的肌肉似乎在抽搐。晨光穿过窗户，落在他的脸上。这张脸面色死白，拖着一条长长的影子，因此他看起来仿佛拥有两张脸。上半部分是他自己的脸，卡弗埃尔特的每位居民都认识它，下半部分却是一张现在没人认识以后也不会有人认识的脸,因为卡弗埃尔特从未出现过这样的脸。这不是人类的脸,也不是亡魂的脸。这也许是天使或恶魔的脸。

哈扎维教长躺在那里,感觉自己与主的距离比从前任何时刻都远。有些时候他觉得自己离安拉很近,尤其礼拜五做午间祷告时,那时村里的人都站在他身后,村长也不例外,他们一动不动,不敢动一下胳膊、手或指头,不敢张开嘴唇或吟诵经文,除非他起头。

在这些时候,他觉得自己比其他人离主更近,包括村长。一阵愉快的颤抖传遍全身,正如小时候他偶尔会向别的孩子扔石子,然后看着他们惊恐地逃开,那种罕见的内心愉悦会引起美妙的身体震颤。祷告时,他会在起身、坐下或跪拜时故意放慢速度。他也会不时转身扫一眼,看着村长和成群的人排在自己身后,他们恭敬地等着他的脑袋、双手乃至小指的细微动作。

然而,无论他怎样拖延时间,甚至放缓祷告的节奏,这也不过是几分钟的仪式。随后人们会从他身边散开。有些人追着村长往外冲时甚至会踩到他的脚,他们手上拿着一封请愿书、投诉信或其他白纸黑字的书信,书信一角还贴着邮票。他暗暗咒骂这些"不虔诚的杂种",他们不尊重安拉,只顾追逐转瞬即逝的现世生活,却不想想来世。他孤孤单单地走回家,手杖笃笃地敲击地面,黄色念珠在他颤抖的手指间摇摆。他看到妻子法提娅时,手指会颤抖得更厉害。他会喊她的名字,用沙哑的嗓子大声对她说点什么,好显得更有男子气概,接着他会咳嗽几声,清清嗓子,让邻居们知道,法提娅的丈夫,一家之主,回来了。

"自从那个该死的孩子来了,你就变得又聋又瞎。他霸占了你的全部生活,你什么也不管了,也不介意这孩子是个孽种。我曾向他伸出慈悲的手,但有时我真想把他留在外面饿死算了。自从这个该死的孽种进了家门,倒霉的事就接踵而至。人们怪我收留了他,他们不停地嚼舌头,我在卡弗埃尔特失去了往日的威信。连我的朋友都把我抛下了,村长再也不来找我跟他一起打发晚上的时间。他向我建议了好几次,要我把他送给别人收养。我答应了他,但你总也不肯。我不知道你为什么这么迷恋这个该死的孩子。"

他问完这个问题,便不再出声。他不明白她为何如此钟爱这个孩子。一旦他向她抛出这个问题,他的念珠就开始在指尖更加剧烈地颤抖,仿佛他知道个中原因,却不肯承认。可这只是一个缺乏证据的怀疑——模模糊糊地知道,却又没法断定。在信与不信之间,他打了个寒战,仿佛凛风伴着晨光,一起从窗缝里爬了进来。他看着法提娅的脸、脖子,以及被孩子紧紧抓住的乳房。那个问题又像冰冷光滑的蛇腹,爬上了他的心头。"要是她没怀孕,没生下这个孩子,那她怎么能给孩子喂奶的?"他不是第一个问这个问题的人。曾经有人在他面前提起过这事。他不记得是谁。事实上,他甚至不确定那人是不是在发问。现在他记起来了,那人只是随口嘀咕了一句。那声嘀咕像一把尖刀,刺进了他的心脏。"法提娅在给孩子喂奶吗?"他试图否认,因为他没见过孩子吮吸她的乳房。每天早上,她都会给孩子买牛奶。但那声嘀咕很倔强,对自己的话深信不疑,也不容置疑。

每当哈扎维教长走在路上,经过人群时,都会听到这样的嘀咕。他看到他们把头凑在一起,听到他们说着这话。他像往常一样庄严地问候道:"愿你平安。"有些人甚至不会回应。他走过哈吉·伊斯梅尔的店门口,村长在那里坐着，身边围着卫队队长、理发师和其他人。他大声说道："愿你平安。"大家会突然沉默下来，然后才有冷淡而漫不经心的低声回应："也愿你平安。"回应里没有村长或理发师的声音。是其他人在跟他说话。坐着的人里没人邀他加入。他只得低着头走回家，到家后发现法提娅还抱着孩子。他心中涌起一股冲动，想把孩子从她怀里抢过来，扔到窗外，不过他每次都按捺住了，只是看向孩子，仿佛在盯着一个难以对付的可怕对手。

有天晚上，他一直等到法提娅睡熟，然后蹑手蹑脚地走近躺在法提娅身边的孩子，试图将他抱起，然而她在沉睡中依然紧紧揽着孩子。那孩子像往常一样抓着她的乳房。她感到他在拉扯孩子，便尖叫起来："太可耻了，哈扎维教长！你是一位圣徒。他只是一个无辜的小孩！"

"我不想在家里收留孽种。"

"那我跟他一起走。"她说。

"你又不是他的妈妈，不准跟他一起走！"他说话时声音颤抖。

"我不会将他交给其他人照顾的。这些人毫无怜悯之心，而他只是一个无辜的孩子，什么错事也没干。"

"这个孽种只会给我们带来麻烦，"哈扎维教长说，"自从他来了家里，不幸便一桩接一桩地降临在我们和全村人身上。虫子吃光了地里的庄稼，我听见有人说，这都是这个孩子造成的。我走在路上也没人跟我打招呼了，法提娅，我担心村长会把我赶出清真寺，找一个新教长接替我的位子。有人开始向他吹风，说村里的人不喜欢我领头做祷告，因为领头人在家里藏了个孽种，主也许不愿意接受村民的祷告。要是村长把我赶出清真寺，我们会饿死的，法提娅。"

"哈扎维教长，你不是一直说安拉会照拂敬爱他的穷人吗？要是村长把你赶出了清真寺，他为什么不会照拂我们？哦，教长，你不是一直告诉人们不要丧失信仰吗，难道你不信他的慈悲？起来，哈扎维教长，沐浴更衣，向上帝祈祷，请他保佑我们，保佑村子里的所有人。"

于是他沐浴祈祷。随后他便坐在礼拜毯上，背诵经文。那孩子会爬上礼拜毯，坐在他面前，好奇地看着他。然而哈扎维教长的眼里充满仇恨，孩子吓坏了，尖叫着爬开了。法提娅会冲过来，把他抱在怀里轻轻拍打。"怎么了，我的宝贝，你怎么了？你害怕你的爸爸哈扎维教长吗？别怕他，我的宝贝。他是你的爸爸，他爱你，等你大一点，他会教你经文，你会跟他一样，成为清真寺的教长。每个礼拜五，你会带领大家做祷告，向他们布道。"

"你在做梦，法提娅，"哈扎维教长恼怒地讥讽道，"你以为人们会让一个孽种当清真寺的教长吗？"

"但这不是孩子的错啊。"她固执地反驳道。

"我知道这不是孩子的错，但这里的人不会这么想。"

"为什么？"她问，"为什么他们不能跟我们想法一致？我们跟他们没有分别。"

"是的，我知道，但是人们就像海里的波浪，没人知道什么时候波浪会变得汹涌，也没人知道为什么波浪会变得汹涌。他们无一例外，都会跟我说，这不是孩子的错。可等他们凑在一起，又会有另一番说辞。这些人没有信仰，法提娅。他们也从不去想斯世或者来世的事。在他们内心深处，他们真正畏惧的是村长。他掌控着他们的一日三餐，只要他乐意，就能让他们吃不上饭。要是他生气了，他们的债务就会翻倍，政府就会一张接一张地给他们寄传票。'要么还债，要么土地充公。'你不了解村长，法提娅。他是个危险的人物，他谁也不怕，连安拉也不怕。他能干尽不公义之事，将没有犯事的人送进监狱，甚至杀死无辜的人。"

"那你为什么一直说他是笃信安拉、乐善好施的人？每个礼拜五的早上，我都会听见你的声音在清真寺响起，照我听到的，你向人们布道时，仿佛一直在祈祷真主保佑村长长命百岁，还说他向来秉公执政，是卡弗埃尔特有史以来最好的村长。你是在欺骗大家吗，哈扎维教长？"

他沉默良久才开口："你根本不知道外面的世界发生了什么。在外面的世界里，人们生活不易。先知告诉我们：'你们在这世上行事，如同永生。'法提娅，礼拜五的布道也会处理这个世界上的事务，而我们生活的世界由村长统治。我们要是讨不到他的欢心，就没法生存下去。至于天堂，我相信安拉会带我去那儿的。我为了保护一个无辜的孩子，继续待在村长和卫队队长手下受苦，难道这还不够吗？你觉得呢，法提娅？"

"当然够了，"她急忙说道，"你收养了一个无辜的孩子，给他保护、温柔和关心，安拉会因此而奖赏你的。"

趁教长心情愉快，她在他身边坐下，将孩子抱到他腿上。

"看看他的眼睛，哈扎维教长。难道你看不出来吗，他爱你。就像孩子爱父亲那样。握住他的手。看呀，他的手多小多软呀，他小小的手指抓住你的拇指，仿佛在对你说，'别抛下我，父亲。我这么弱小，需要你的帮助'。"

孩子伸出手，触摸哈扎维的脸。老男人埋下头，全身心地与孩子顽皮的手指嬉戏，享受着胡须被孩子抚摸的感觉。

有天，孩子扯下了一根胡子。他打了一下孩子的手，说："你真顽劣。"于是，男孩学会了第一个字："劣。"教长开始让他在礼拜毯上坐下，教他背诵《古兰经》。小男孩试着举起经书，然而书太重了，有天书从他的手上滑落，重重地掉在了地上。哈扎维教长气得直摇头，赶紧弯腰捡起经书。他吻了吻书的正面，接着把它翻过来，吻了吻另一面，然后他打了一下孩子的手，说道："你这个孽种，你怎么敢把安拉的书扔到地上？"孩子哭喊起来，法提娅闻声赶来。教长跟她说了事情的经过，她说："哈扎维教长，你怎么能指望他听懂你的话呢？"

一天中午，天气十分炎热。哈扎维教长像往常一样，手捧《古兰经》，盘腿而坐，读着其中的段落。他打起了瞌睡，经书掉在了他的大腿上。孩子爬到他身上，坐在经书上。过了一会儿，哈扎维教长醒了，感到有种温热潮湿的东西正顺着自己的大腿往下流。他一下子睁开眼睛，想着自己是不是尿裤子了，却发现孩子坐在他的腿上，身下那本安拉的书已经完全湿透。他立刻爬起来，把孩子从大腿上扫到地上，一边踢他的肚子，一边怒吼："你这个杂种，你在圣书上撒尿了吗？"

孩子脸色苍白，好长时间喘不过气来，像要窒息了，或是突然死了。接着，他发出一阵长长的号哭，法提娅慌忙赶来。

"发生什么了，哈扎维教长？你对这孩子干了什么？"她喊道。

哈扎维教长向她描述经过时，声音气到打战。她将孩子抱进怀里，无比愤怒地冲丈夫大喊："你指望孩子能明白这些事吗？你怎么可以用蠢笨的大脚踢孩子的肚子？要不是安拉保佑，你已经把他踢死了！"

"我真希望他死了，这样我就不必遭受因他而起的折磨了。要是这个该死的家伙继续跟我生活在一起，我就再也不想活了！我像个女人似的，被困在四壁之内。再也没人造访，我也没法去别人那儿做客。我走在村子里，人人都避开我，这样他们就不需要跟我打招呼，不需要停下来跟我说话。"

接下来的礼拜五，哈扎维教长像往常一样，走出家门，赶赴清真寺，他本要去寺里带领教众做祷告。等他到了清真寺门口，却被三个男人挡住了去路。他非常恼火，冲他们吼道："我是清真寺的教长。你们怎敢不让我进去？"

"你不再是清真寺的教长了，"其中一人答道，"村长已经罢免了你的职务，指派了另一位教长接任。"

"没人能拦我，"哈扎维教长愤怒地大喊，"除了安拉。"然后他径直走向大门。然而一个人抓住他的头巾，将他往后拉，他举起手杖，狠狠敲在那人的头上。那人立刻倒地，其他人冲了上来。一个人将一记猛拳砸在他头上，仿佛在狂殴魔鬼或毒蛇。另一个人不停扇他耳光，似乎在发泄怒火,也许他记起年幼时父亲曾这样扇自己的耳光:"你不听爸爸的话,安拉就会把你放到地狱的烈火上炙烤。"他听说,地狱之火会烧光他的皮肤,而且每烧毁一层皮肤,就会长出另一层,这样他就会被烧上一次、两次、三次、十次、二十次,永不停息。他内心深深惶恐,便更加恼火地殴打哈扎维教长。

前来祷告的村民围上来观看这场打斗。有人想把哈扎维教长从雨点般的拳头中拉出来,然而一记重拳将他打退,差点打掉他的牙齿。他一边后退一边恼火地喃喃自语:"拉架的人倒是差点把自己给搭进去。"

一个看客悄悄对另一个人咬耳朵:"村长撤了哈扎维教长的职,给寺里安排了另一位教长。走吧,别错过祷告。"他一迈开腿,其他人便跟着走了,他们一边走,一边各怀各的心思。一些人想着:"既然上层做了决定,也轮不到我来反对。"另一些人想着:"这些教长都一个样,有什么关系呢?我能做的不过是跟在他们身后做祷告罢了。"

只有几个人还留在清真寺外面。他们完全忘了礼拜五的晨祷。事实上,他们一见这场争斗,便立刻将一切抛诸脑后。他们站在那里看人打架，享受着当看客的乐趣，丝毫不关心谁在打人，谁又在挨打，仿佛这两人给予了他们同等的欢乐。观看激烈缠斗的快感只有男人才能体会，管它发生在人类之间，还是公鸡或公牛之间。有些人甚至会花高价看一场打斗，这样就能逃开自己内心的冲突。

哈扎维教长的头巾掉在了地上，被来来往往的人踏在脚下。他的长袍被撕成了碎片，血从嘴巴和鼻子里涌出。不过他依然狂怒地大喊："你们这些不信主的杂种。你们这些人不知道安拉是谁。我一辈子都在侍奉安拉、照看他的圣所，你们就是这样殴打圣徒的吗？"

"谁说他是圣徒？他根本就不是圣徒。"一个人开口了。

有人出言维护教长："你怎么知道他不是圣徒。我觉得他毋庸置疑是一位圣徒。"

"你怎么知道他是圣徒？我说他不是，你说他是。"第二个人生气地反驳道。此时有人加入了讨论，打断了他俩的争论："你和他都不知道他是不是圣徒。"

"那谁知道？"一个刚刚参加过激战的人问道。

另一个看客插嘴道:"村长肯定知道。村长是唯一知道的人。"

一片死寂。无人胆敢反驳这句话。然而,一个站在人群中的小男孩用尖细的声音问道:"村长是怎么知道的?"不过在他继续说下去之前,他的父亲用手捂住了他的嘴,用嘶哑的声音命令道:"闭嘴,小子,这是大人的讨论。"

可男孩的话一直回响在在场的每个人心里。"是安拉对村长说的吗?可安拉对村长说话,是不是就跟对先知穆罕默德说话一样,会赐予他幸福安宁?也许安拉会对圣徒说话,因此就会跟虔诚的村长说话。"

这个男人突然心慌气短起来。他不知道这是怎么回事,因为自己就跟别人一样,只是个看客。不知怎么的,他心里的声音听起来怪怪的,甚至有点可怕,虽然他只是在想,村长是个虔诚的人。然而,"虔诚"这个词就像魔鬼的神秘嗓音,开始在他心头萦回,突然,这个词听起来更像"淫荡"。他慌张起来,因为自己侮辱了村长,虽然只是在心里。他不确定内心的声音是否比微弱的耳语更轻。也许这声音比他想象中大,若是这样,他周围的人就可能听见了他说的：村长是个淫荡的人。他摇摇头，摆摆手，仿佛在驱散魔鬼，他喃喃自语道："哦，安拉，我求您让我避开那该死的魔鬼。"

"是的，是魔鬼。"一个恼怒的声音在附近响起，"除了魔鬼，还有谁会殴打我们虔诚的哈扎维教长？"

"可他不再是清真寺的教长了。"仍在此地逗留的一小群人中，有位高个男子说道。

"安拉与他这样的人全然无关。"另一个声音站出来支持上一个人的话。

一位满脸温顺、尚未发言的矮个子男人打破了沉默，小声说道："可你又怎么知道呢，兄弟？哈扎维教长做错了什么？"

"你难道不知道他干的好事吗？你难道不住在这个村子里？自从哈扎维教长将那个孽种收留下来，虫子就吃光了我们的棉花，我们一无所有了。我们怎么能让一个收养孽种的人带领我们做祷告？"

高个子正要开口说"这不是那个可怜的孩子的错"，但他看到许多双眼睛闪着怒火，便咽了咽口水，按下不表了。他记得自己的父亲常说，孽种只会给人带来不幸。

他听到自己的声音与父亲相仿："你说得对，兄弟。孽种只会给人带来不幸。"然后他又咽了一下口水，匆匆往田里走去。他的心中有个声音在说："我是个懦夫。"但他绷紧肩膀，抬起头，再次开口时声音变了，他大声说："他是对的，孽种只会给人带来不幸。不然的话，为什么哈扎维教长收留了那个孩子之后，麻烦事就一桩接一桩地来了？"

说回哈扎维教长，他回家见到法提娅时，鼻子和嘴巴都在流血，衣服又脏又破，因为在打斗中弄丢了头巾，于是他只好光着头。法提娅意识到，自己的孩子现在有性命之忧，便将孩子藏在头巾里，说道："我们不能继续在这个村子里生活下去了。"

"我不知道还能去什么地方生活，"哈扎维教长的声音里满是绝望与疲惫，"我宁愿死在这里，而不是在一个陌生的地方。没有人会向我们伸出援手了。"

"安拉会照拂我们的，哈扎维。你觉得他会让我们自生自灭吗？"

"我不知道，"哈扎维教长说，"自从我收留了这个孩子，安拉似乎就抛弃我了。"

"你怎么能跟村里的人说一样的话?"法提娅抗议道。

"这很奇怪吗?难道我跟别人不一样吗?我不也是人吗?我从来没假装自己是一个圣人,或者神明。"

"你想说什么,哈扎维?你要是不希望这孩子留下来,那明天的太阳升起之前,你就不会看到他了,而且你永远也不会在这个家里看到他了。但是我会跟他一起离开。"

"随你的便吧,法提娅,"哈扎维教长虚弱地说道,"跟他一起走,或者留在这里,再也没什么分别了。我只希望,大家能放过我。"

"我不想把你一个人丢下,"她一边说,一边用手擦去泪水,"但是人们不会放过我们的。每当村子里出了什么岔子,他们都会怪罪这个无辜的可怜孩子。这孩子跟吃棉花的虫子有什么关系,哈扎维?是他让虫子去吃棉花的吗?水牛的脑子都比卡弗埃尔特村民的脑子灵光。但是我能去哪儿呢?除了卡弗埃尔特,我再也不认识别的村子了。"

几天之后,法提娅已经忘了自己问过的话。人们也不再像之前那样对他们说三道四。他们似乎已经把这件事给忘了,或者他们觉得对哈扎维教长做的事就已经够了。也许人们真的忘了。然而有天,一阵风从一个妇人烤着面包的炉子里吹起一粒火星。火种很小,只有火柴头那么大,甚至比火柴头更小。要是火星落在泥路上,也就灭了,可它飞上了一个茅草屋顶,落下时还未灭尽。如果此时一阵大风碰巧刮来,也许它会在点燃稻草之前熄灭。但是,风突然停了,与此同时,一个小火苗蹿上了一根稻草,过了一会儿,风又开始吹了,那根稻草燃烧起来,火苗立刻蔓延到整个屋顶,然后迅速蹿到了与附近屋顶相连的粪饼和棉花秆上。

没过多久,村里人就看到了火光。女人们捆着自己的脸,大声尖叫,孩子们声嘶力竭地喊着,乱作一团,男人们则不知所措地团团转。理发师对他们大喊:"提水来,你们这些畜生!"可等一桶桶水被提过来时,火势已经不可收拾。每家每户都开始清点自己的孩子,领着驴子和水牛走出家门,或是从墙角或孔洞里掏出藏了一辈子的积蓄。

卫队队长冲去找村长,村长已经接到了关于火灾的电话。过了一会儿，红色的消防车来了，警报声响个不停，跟在它后面的是救护车。孩子们已经看腻了大火，转头去看消防车，车上有个大梯子，人们可以顺着它爬上天空。消防车刚停，就被孩子们包围了。他们赤着脚，光着屁股，吸着鼻子。成群的苍蝇叮在他们脸上，飞起来时仿佛黑压压的云。

太阳还没沉下河对岸的树梢，卡弗埃尔特的一切似乎都已恢复正常。几缕青烟从烧成黑灰的屋顶上升起。有个孩子被烟呛死了，躺在门边的草席上，他生前曾试图翻越那个席子。几个窗框烧得焦黑。土路上还有消防车留下的车辙，不过那很快就被奶牛、水牛、驴子和农民的脚步盖住了，他们结束了一天的劳作，排着长队回家了。

法提娅依然醒着，紧紧抱着怀里的孩子。她感到危机四伏，便一直盯着墙，想听听村民说了些什么。她内心深处完全清楚现在会发生什么。因此当那些话传到她耳朵里时，她并不惊讶："自从那个孽种降生在我们村里，不幸便接连发生，是时候做点什么了。"

她把孩子抱在胸前，裹进头巾，她感到自己的心脏在那孩子虚弱遥远的脉搏底下疯狂跳动。她慢慢打开家门，确保邻居不会听到开门的声音，然后立刻光着脚跑了出去，一直跑到靠近河岸的地方，然而一双双眼睛发现了她，将她团团围住。她听到一个激愤的声音喊道："孩子在哪儿，法提娅？"

"孩子不在我这儿。他在家里睡觉。"她边说边抱紧头巾下的小男孩。

"你说谎，法提娅。孩子就在你身上。"那个愤怒的声音说道。

"不，"她说，"不在我这儿。"她否认时，声音因极度恐惧而颤抖。

她想赶快溜走，但一只手朝她伸去，扯掉了她的黑色头巾，孩子暴露出来，他正躺在她的胸前，口中衔着她的乳头。

"这是我的儿子，别把他从我身边抢走。"她惊恐地尖叫起来。

"这是个孽种，我们都是虔诚的信徒。我们憎恶罪孽。"

黑夜中，一只大手伸了出来，想把孩子从她身边抢走，然而她和孩子似乎已经融为一体。其他人的手也伸向她，想把孩子从她胸前扯开，却没有成功。她的乳房和这个孩子已经密不可分。

此时太阳已经完全沉下了对岸的树丛。夜晚降临在卡弗埃尔特的房屋上，像一个沉重而静默的黑影，一片死寂，仿佛所有的生命都戛然而止。高高的河岸上，男人们东奔西跑，像从尼罗河的深水中升起的幽灵。在抢夺孩子的过程中，法提娅的衣衫被撕烂了，白皙的身体露了出来，像月光下受惊的美人鱼。她的脸与身体一样白，眼中充满了几近疯狂的奇异决绝。她柔软丰满，充满女性特征，她是一头野兽，在夜色中与周围的人凶猛搏斗。她一直紧紧地抱着那个孩子，用自己的腿、脚、肩膀和臀部撞开周围的男人。

手从四面八方伸向她。那些手十分粗大，手指也很粗糙。长长的黑指甲像水牛和奶牛的黑蹄子。它们嵌进她的乳房，撕扯她的肉体。男人们的眼里闪着不知餍足的欲望，贪婪而饥饿地啃噬她的乳房，就像一群饥肠辘辘的男人围着在火上炙烤的羊羔。每人都想吞下更多，生怕邻居比自己捷足先登。他们的手跟老虎或黑豹在打架时的爪子一样敏捷，他们的眼睛被一种原始的仇恨与猛烈的欲望点亮了。没过多久,法提娅的身体就成了一摊被扯烂的肉,地面被她的鲜血染红了。

然而,过了一会儿,河岸便与往日的夜晚无异,只有沉重而静默的黑夜笼罩着万物,笼罩着尼罗河的河水,笼罩着旁边长长的田地,笼罩着黑压压的泥屋和堆着土堆和粪肥的蜿蜒小路。卡弗埃尔特的男人都已回到家中,跟没有生命与知觉的尸体似的躺在地上,身边是家畜和妻子。除了一个男人——哈扎维教长,他整夜没合眼,也没有躺下。他把耳朵贴在墙上,直到所有的声音都停下了,深沉的寂静笼罩着整个村庄,跟死亡一样幽暗恐怖的寂静。然后他站起来,走向大门,十分小心地用肩膀推开它,这样大门就不会发出声响。他走到外面的小路上,依旧用那手杖探路,这样他的脚就不会绊到卵石、砖块或某个男孩用石子砸死的猫。

他蹒跚前行,手杖突然触到了一样东西,直觉告诉他,那不是石头或砖块,也不是死掉的小动物,而是流淌着热血的活物。他突然停下脚步,一动不动地站着,像个幽灵似的,手上的黄色念珠也停住了。他的目光定在妻子的裸体上,她就这样躺在高高的河岸上。

法提娅虚弱地呻吟着，胸脯依然在起伏，缓慢而紊乱。他在她身边蹲下，握住她的手，轻呼道："法提娅，法提娅，我是哈扎维啊。"

她睁开充血的眼睛，微微张开口，似乎想要说什么，却没能说出声来。他瞥见有人从远处走来，便脱下上衣，盖在她赤裸的身体上。等那人走近，他认出那是梅特瓦里大人，赶忙说："她只剩一口气了。你能跟我一起把她抬回去吗，这样她就能死在自己的床上了。"

梅特瓦里大人立刻弯下腰，准备将她流血的身体从地上抱起来。可他们还没来得及抱起她，她就睁开双眼，四处张望。

"她在找什么东西。"梅特瓦里大人小声说。

"她不省人事了。我们把她抬回家吧。"老人小声答道，一边擦去眉上的汗水。

然而，他们试图抬起她时，法提娅的身体却赖在地上，仿佛被胶水粘住了。每当他们试图抬起她，她便会睁开双眼，四处张望。

"她不肯动。我敢肯定她在找什么东西。"梅特瓦里大人说道，一边在黑暗中四下打量。突然，他看到不远处的河岸上躺着一个小小的黑影，便走上前去，将被撕裂的婴孩从地上抱起来，带了回来。梅特瓦里大人把他抱在自己怀里，然后轻轻地放在她的胸前。她用胳膊紧紧搂住婴孩，闭上了眼睛。他们再次将她抬起，发现这回她的身体很轻，一下子便能抬起来。

他们把她抬回了家，第二天一早，就将她和怀中紧紧抱着的孩子一起埋了。哈扎维教长给她买了一条绿绸缎当裹尸布，他们仔细地将她裹好，挖了一个长坑，轻轻地把她放进去，然后用土盖住。做完这些事，梅特瓦里擦去眉上的汗水。他碰到自己的眼睛时，手心湿湿的，似是沾上了泪水。他从未如此，至少他不记得自己曾经哭过，也许小时候有吧。

只有安拉和梅特瓦里大人知道，法提娅的遗体和裹尸布都会完好无损地躺在墓地里。

16

他将一双滚烫的大手搁在地上,背靠一根树干坐下,极力伸长双腿。他赶了很远的路,双腿疼痛难忍。夕阳下,他看见自己的脚肿得老大,上面的皮肤已经红肿开裂。

他闭上眼睛,想睡一会儿,眼睛却又自行睁开了。他极目远眺,目光仍然落在无尽的长河和河畔绵延不绝的田地里。他试图在卡弗埃尔特找寻自己生命开始的地方,找到自己收藏在记忆之初的东西,寻找河堤上矗立在河岸与沟渠之间的那棵大桑树。他想在无数的气味中找到自己熟悉的那几种:被村里的河水溅起或被柔软的桑果砸到的尘土、粪便与烤炉里的粗面包、身旁母亲在风中招展的头巾、冬夜的席子上他紧紧依偎的那个胸脯。

他已经好多年没有闻到这些味道了。他抛下这些味道,离开了卡弗埃尔特。他从没意识到这些味道的存在,直到他再也闻不到，直到他穿上军装，成了一名军人。有好长时间，他都不知道这些曾经闻过的味道已在自己的生命中占据了一席之地。那时他睡在一个距苏伊士几公里远的小帐篷里，身边萦绕着其他味道：枪弹与炮弹、燃烧的皮革、锈罐头里的蜜饯、飞机轰炸西奈时溅起的沙土、沙漠里的暴风。然而有天晚上，他在黎明之前睁开了眼睛，突然有种味道钻进鼻子。他没能一下子把它认出来，但它传遍全身，令他莫名愉快，就像某些他吞下或吸进的毒品。他突然非常渴望闭上眼睛，将头靠在母亲的胸脯上。早晨他终于醒来，发现昨夜一直枕着母亲托人捎来的包裹。这个小包裹被捆得紧紧的，一位战友从他的家乡将它一路带来。在解开绳子之前，他把它凑到鼻子底下，第一次认出了那种味道，他在卡弗埃尔特闻了很多年却一直没有意识到的味道。

他呼吸着从河水与旁边的田地里吹来的风，想要闻闻被附近小溪里的泥水溅起的尘土，却徒劳无功。他的目光也朝着那个方向拼命寻找，却找不出任何表明自己已经接近卡弗埃尔特村口的迹象。

他觉得自己还得走上好几个小时，甚至好几天，眼皮便不由自主地合上了。等他再次睁开眼睛，他发现太阳高悬在天上。过了一会儿，他才意识到，自己已经睡了两天两夜。他撑着手掌站起来，手上的皮肤又厚又粗，上面还有步枪摩擦出的凹痕。他在前进、立正或瞄准时，枪就搁在肩上，嵌在常年劳作中被锄头压出的凹痕里，这凹痕变得比从前更深了。当他站立时，身体如同一根竹竿，又高又瘦，但他的脚肿了。脚上的伤口渗着脓血，因为走了太多路，伤口的边缘已经又黑又脏。圆盘似的太阳就在他的头顶，将光芒一泻而下，而脚掌踩住的大地就像无数根滚烫的针。他已经无法辨认自己身处何方，因为苏伊士运河是一条长长的水流，而磨砺着脚底皮肤的烫针是从西奈撤退时带出的沙土。

他喘着粗气，眼前闪着红晕。他闭上眼睛，以防晕倒。突然一声爆炸传来。他十分熟悉这种声音，跟打雷、地震或两者加起来一样可怕，天崩地裂似的。不到一秒钟，他已经蜷缩在地上，缩着下巴，胳膊紧紧抱住脑袋。然后他在地上匍匐前进，想找一条沟渠、一个洞，或者两座沙丘之间的坑谷。他一动不动地趴在地上，像一具死尸或一个冻僵的人。

声音逐渐消失，取而代之的是比之前更加深沉的寂静。他慢慢睁开眼睛，恐惧地看向天空，寻找在天上飞行的东西。然而什么都没有。没有飞机，没有火焰，没有烟雾，也没有灰云，只有灼烧着大地的太阳。他把目光从天上移开，开始四下打量，当他看到河水与田野时，便意识到自己已经离开沙漠了。战争结束了，他正徒步返乡。接着，他发现一群孩子围在身边。他们刚刚瞧见他一下子跃下河堤，滚进了沟渠。他们在成群的苍蝇后面，惊讶地睁大了眼睛。他拖着肿脚，蹒跚着离开了。他能听见孩子们在他身后笑话他。一个尖尖的声音喊道："傻子走了！"其他孩子立刻异口同声地说道："傻子走了。"然后他们开始朝他扔石子。

等他走到卡弗埃尔特的边缘，太阳已经沉到河对岸的树梢下面。黑夜悄悄爬上低矮的泥屋，水牛和奶牛在河岸上排成长队，没精打采地走在回家的路上。成群的农民疲倦地跟在后面，他们的脊背被无穷无尽的劳作压弯了，他们的脚因日复一日的行走磨破了。

扎克娅已经到家了。水牛在牛棚里，她像往常一样，倚着墙，蹲在家门口灰扑扑的门槛上。她没动，也没说话，甚至没有动一下手或点一下头。她用乌黑的大眼睛盯着黑夜。无论她醒着还是睡着，无论她睁开眼睛还是闭上眼睛，都没什么区别，因为夜晚永远像一件黑色的斗篷。她分不清自己什么时候睡着了，什么时候醒着，她不知道自己看到的是真的，还是一场梦，或是一个魅影。她也弄不清楚此刻在她眼前出现的男人是她的哥哥卡夫拉维，还是她的儿子加拉尔。儿子加拉尔跟哥哥卡夫拉维一点也不像。她最后一次见到加拉尔是他被人带去参军的那天。她看着他走在两个人中间，离开了家。那时他年轻强壮，走路时身姿挺拔，直视前方。她最后一次见到卡夫拉维是他被送进监狱的那天。他走在两个人中间，苍老，驼背，目光低垂。现在，她不知道突然出现在眼前的人是他们当中的哪一个。这副面孔是加拉尔的，可是迷离的眼神与弓着的腰无疑属于卡夫拉维。

她听到加拉尔的声音在黑夜中低低地响起，听上去既虚弱又疲惫："妈妈……你认不出我了吗？我是加拉尔，我从西奈回来了。"

她依然用乌黑的眼睛盯着他。她分不清自己的眼睛是睁着还是闭着，分不清这是现实还是梦境。她伸手触碰他。从前她在夜里伸手触碰他,他的脸就会消失,她的手只能抓住夜里的空气。然而这次她抓住了一只有血有肉的手,一只温暖的大手,就跟加拉尔的一样。她把这只手贴到脸上,手的味道与自己胸脯的味道一样,和她从前未干的乳汁的味道一样。这的确是加拉尔手上的味道。

"我的儿子,加拉尔,真的是你!"她把脸埋在他的手里,虚弱而沙哑地喃喃道。

"是的,妈妈,我是加拉尔。"他边说边弯下腰。她用粗糙的大手抚摸着他的脑袋、他的脖子、他的肩膀、他的手臂、他的腿和他的脚。她想确定他身上没有伤口,没有缺胳膊少腿,她想确定他完好无损。

"你没事吧,儿子?"她小声问道。

"没事,妈妈,"他说,"我没事。你呢?你还好吗,妈妈?"

"好,儿子,我很好。"

"可你看上去跟我离开的时候不一样了。"他急切地打量着她,说道。

"四年过去啦。岁月,儿子,"她说,"是岁月啊。你也是,加拉尔,你也变了。"

"不要紧的,"他说,"我只是走了很远的路。很远很远的路。我需要休息。"

他挨着她,在满是灰尘的地上躺下。她用温水和盐巴擦拭他的双脚,然后裹上自己的头巾。他的眼睛睁得大大的,盯着泥屋的屋顶。她蹲在他身边,双唇紧闭。有一个瞬间,她微微张口,仿佛想要告诉他发生的事情,却又闭上了嘴,一言不发。过了一会儿,她便听到他发问:"卡夫拉维舅舅怎么样了?"

她沉默了好一会儿才开口:"他挺好的。"

"内菲萨呢?栽娜卜呢?"

她犹豫了一会儿,用极小的声音答道:"都好。你想吃点什么吗?你好几天没吃东西了吧。"

她站起来,拿起装着面包、陈干酪和咸菜的篮子,然后一边走向门口一边说:"我去哈吉·伊斯梅尔的店里给你买块芝麻糖。"

他察觉到她有事瞒着自己,便更加焦急地看着她:"我不想吃东西。来,坐下来,告诉我发生了什么。你有事瞒着我。你跟我离开的时候不一样了。"

她避开他的目光,盯着黑暗中的某个东西。她沉默了一阵,然后他听到她小声说:"内菲萨逃走了。"

接下来又是一阵长长的沉默,跟笼罩着整个村庄的黑暗一样沉重。她再次开口,挤出了几个字:"卡夫拉维进了监狱。"

然后她闭上了嘴,仿佛再也不打算开口。过了很久,她听到他低低的声音从黑暗中某个隐秘的角落升起:"栽娜卜呢?"

他提起她的名字时,声音波动了一下,带着犹豫,他想问个清楚,又害怕知道答案,想了解真相,又害怕面对真相。他一看到她的脸,心中便涌起奇怪的感觉,他感觉自己离开之后,有什么可怕的事情发生了。卡夫拉维是他的舅舅,内菲萨是他的表妹,但栽娜卜对他来说,从来与众不同。每当他听到她喊"扎克娅姑姑",心中就会涌起一阵悸动。他们目光相遇时,他感到自己腿都酥了,仿佛浑身的肌肉突然累了,亟待休息。他渴望把头靠在她的胸脯上,闭上眼睛。她跟他的母亲一起坐在炉灶前时,他若是瞥见了她裸露的双腿,就很想将她从众人眼前带走,带去某个他可以关上门、拥她入怀的地方。

他的母亲知道他心里的想法。她感觉到,他喊"栽娜卜"时声音颤抖,也注意到,这个女孩去田里劳作时,他会急切地搜寻她的身影。她发觉,女孩走进家门之前,他听到她的声音,心中便会燃起一股模糊的欲望;女孩蹲在她身边时,他黝黑的面孔渐渐涨满热血。

有天晚上,他躺在她身旁的席子上,她听到了一声压抑的叹息。她在黑暗中轻轻问道:"怎么了,加拉尔?"

"我想要栽娜卜妹妹。"他闭着眼睛答道。

"我们会把她嫁给你的,儿子,等你从部队回来。"她边说边轻轻拍打他的脑袋,像拍着一个孩子似的。

然而此刻扎克娅沉默了。他抬起头,在黑暗中朝她看去,虽然他看不清她的脸,但他能感觉到,她的目光落在不远处矗立在夜色中的铁门上。

他极力掩饰声音中的颤抖,再次问道:"栽娜卜呢?她的爸爸和姐姐不在家了,她做什么呢?"

"她现在在村长家干活儿。"

他的声音不禁颤抖起来:"她干什么活儿?"

"洗衣服洗碗，打扫屋子。"

他的整个身体都开始颤抖："那她在哪儿过夜？"

"她在这儿过夜，儿子，跟我一起。她现在睡着了，在炉子上面。"

他立刻咽下了一口唾沫，身体的颤抖渐渐止住了。他撑着地面，过了一会儿才站起来："妈妈，有没有我能穿的干净的长袍。"

"有，儿子。你入伍之前做的新长袍都还留着。"

他觉得自己似乎又活了过来。"帮我烧点水吧，我想洗个澡。"他说。

17

卫队队长刚进村长家,便意识到村长找自己来所为何事。自从加拉尔娶栽娜卜的那天起,扎赫兰队长就等着这一刻的到来。他曾经对哈吉·伊斯梅尔提起过自己的担忧,但理发师让他放心:"别担心,扎赫兰队长。加拉尔参战归来,是个废人,他不敢违逆村长的意思。事实上,他应该自豪,自己的妻子能为村里最显赫的男人做事。"

"你没我了解加拉尔,"扎赫兰队长说,"他是那种会吃妻子醋的蠢蛋。那个女孩还是个孩子的时候,他就爱上她了。"

"他既然蠢,就不会受到怀疑的打搅。只有聪明人才会发出质疑。"哈吉·伊斯梅尔说道。

"可他不会让自己的妻子去村长家的。"扎赫兰队长说。

"这种蠢蛋宁可吃干面包和盐巴,也不想把妻子送到别人家里当女仆。他们觉得当仆人不体面。"

"可这不是别人家,这是村长家!"扎赫兰队长反驳道。

"蠢蛋可分不清家跟家的区别,扎赫兰队长,对他们来说,别人家就是别人家。"

"要是他阻止栽娜卜去村长家,我们要怎么办?"

"现在别急着担心这些事啦,"理发师说,"也许到时候村长已经腻烦了她,不想让她到家里来了呢。你知道的,他总是喜新厌旧,没有哪个女孩能在他身边待太久。"

然后扎赫兰队长的担忧成了真,那天终于来了,村长用不容置喙的语气对他说:"去,去把栽娜卜带来。"

于是扎赫兰队长和哈吉·伊斯梅尔一起坐在店门口抽水烟,一边思考着如何解决这个问题。

"你没我了解加拉尔,"扎赫兰队长重复道,"的确,他就跟卡弗埃尔特的其他男人一样蠢。可他毕竟参了军,去过开罗,我们没法肯定他有没有长进。别忘了,这些年他一直跟军人生活在一起。我很怀疑,他还会不会被护身符唬住。我们得想想别的办法了。"

"这个村里的男人都是懦夫,但他们都不以为耻。给他点颜色瞧瞧,扎赫兰队长,你知道该怎么办。"

"的确。不过我觉得对付加拉尔这样的人,最好别动武。你不够了解他。他跟卡夫拉维不一样,你要知道,他可能会在村里制造很多事端。情况变得越来越差了,人们比以前警醒了。物价一直在上涨,农民欠政府的税越来越多。村长没有以前那么受欢迎了。"

"但你之前也劝过他了,没用啊,"哈吉·伊斯梅尔说,"现在你别无选择,只能稍微动用一下暴力了。"

扎赫兰队长沉默了好一会儿,似乎陷入了沉思。哈吉·伊斯梅尔耐心地等了一会儿,便按捺不住了,他问道:"你在想什么,扎赫兰队长?"

"我在想有没有更简单的解决办法。我不想硬来。"扎赫兰队长答道。

哈吉·伊斯梅尔盯着他看了很久,轻轻问道:"你是害怕加拉尔吗,扎赫兰队长?"

卫队队长捋着胡子:"加拉尔倒不让我害怕。只是不知怎的,这次我觉得会有大事发生。我不知道到底会发生什么，但我很不安。人们变了，哈吉·伊斯梅尔。从前人们都不敢看我的眼睛，现在他们竟然会直视我的脸，走过我身边时也不再低头看地面。就在昨天，有个村民拒绝交税，还冲我大喊：'我们一年到头地干活儿，到头来还是欠政府的债。'以前我从没听到有谁会讲这种话。农民越来越饿，他们的食物只剩下干面包和被虫蛀过的咸奶酪。饥饿会让人眼瞎，让人不把任何人放在眼里，无论是统治者，还是主。饥饿会造就异教徒，哈吉·伊斯梅尔。"

"他们一直很饿，这没什么稀奇的。村里的人从来就是吃干面包和被虫蛀过的咸奶酪，他们不知道还有什么别的可吃的。"他安静了一会儿，然后像是想出了一个主意，便继续说道："扎赫兰队长，与其给他点颜色瞧瞧，不如拿出优渥的条件跟他交换？扎克娅和加拉尔债务缠身，你负责征收他们欠政府的债。如果你向加拉尔提出来，在这件事上你可以宽限一些，也许他就不会那么固执了。"

"你根本不知道，我自从得知他娶了栽娜卜，给他做了多少工作，"扎赫兰队长说，"要是我能阻止这桩婚事，我一定会这么干，可惜事成之后我才听说。自那时起，我就知道有天村长会让我把栽娜卜带回来，我试图劝说加拉尔，告诉他没必要阻止栽娜卜去村长家干活儿，可他说是栽娜卜自己不肯回去。"

"你说，到底是谁不肯？"哈吉·伊斯梅尔问道。

"她很可能是受了他的影响。结婚之前她还一直在为村长做事。"扎赫兰队长答道。

"她一定很爱他。或者，她也许觉得结婚后再去村长家是一种罪过。"

"不管怎样，"扎赫兰队长说，"很显然，加拉尔的出现对她来说是一种鼓励，令她有勇气拒绝。"

"那之后你都干了什么？"

"之后，"扎赫兰队长说，"我试了你刚才说的办法。我跟他说，我们可以削减他欠政府的税，不过他似乎不为所动。现在我除了动用职权，已经没有别的办法。"

"你要怎么办？"

"要么他立刻还清债务，要么我们会没收他的土地。"

"可是土地就是农民的命啊，"哈吉·伊斯梅尔说，"你要是没收了农民的土地，就等于要了他们的命。而且，要是你只对加拉尔这么做，可能会陷入困境。人人都欠政府的税，为什么你只针对他？你最好想想别的办法，扎赫兰队长。"

扎赫兰队长没答话。他唯一想到的办法，就是找机会除掉加拉尔。他就是这么对付卡夫拉维的——布下陷阱，让卡夫拉维背上罪名，进了监狱。他继续绞尽脑汁，想找到一个解决方案。

哈吉·伊斯梅尔没法听见扎赫兰队长心中的疑问，不过只消看他一眼，便能知道他在想些什么。他们都陷入了长久的沉默。四下只有水烟咕嘟咕嘟的声音，以及哈吉·伊斯梅尔不时擤鼻涕和清喉咙的声音。黑夜已经用它的斗篷沉沉罩住卡弗埃尔特，河上几乎没有风。昏暗的泥屋与蜿蜒的小路似乎都沉入了一片死寂，一切动作都已停息。

18

扎克娅像往常一样坐在灰扑扑的门槛上,黑色的眼睛一直盯着小路和带铁栅栏的铁门。突然,她听到很多声音闹哄哄地响起,一队人走向门口,领头的是卫队队长。他的声音传遍整个院子:"给我搜!"

她还没来得及问他们到底想要什么,也没来得及弄清楚发生了什么,男人们就开始在这个小泥屋里到处翻找:门后、炉上、屋顶……每个缝隙和孔洞都不放过。她睁大了眼睛,站在原地看着他们,几乎目瞪口呆。过了一会儿,一个男人举着一个小包裹站了出来。他走到卫队队长跟前,说:"找到了,扎赫兰队长。他把它藏在炉子上面。"

卫队队长扯着嗓子大吼:"贼!立刻逮捕!扎克娅,你儿子去哪儿了?"

"他在田里,"她吓坏了,说道,"您找他干吗?他做了什么？"

"你儿子加拉尔是个大盗，扎克娅。他从村长家里偷来了这个，"扎赫兰队长手里拿着那个小包裹，说道，"你看！"他打开包裹，"装满了银币。"

几百个银币在煤油灯下闪闪发光，她先是觉得困惑，之后便越来越恐慌，但她大声反驳道："我儿子没偷东西，扎赫兰队长，他从没去过村长家。"

扎赫兰队长唇边泛起一抹讥笑，随后便轻蔑地放声大笑："你根本不了解你的儿子，要么你就是假装不知道他干了什么。你确定他从没跟你提起过这个包裹？"

"没有，扎赫兰队长，"她立刻答道，"我毫不知情。而且我儿子加拉尔肯定没偷这些银币。"

扎赫兰队长轻蔑地笑了起来，问道："那么，你告诉我，扎克娅，谁偷来了这些，谁把它藏在你的炉子上面。是鬼魂吗？"

她用双手拍了几下自己的脸，大喊道："不，不。加拉尔不是贼。你们不能把他从我们身边带走，别像对卡夫拉维那样。"

可他们还是把他带走了。加拉尔不知道发生了什么。

他被径直从田里带到了警察局,身上还穿着干活时穿的长袍。从那时起,他们就不停地将他从一个房间带到另一个房间,不断地问他问题。他如坠梦境,从他的眼神就能看出,显然他全然不知到底发生了什么。他感到自己陷入了一场噩梦。被审讯时,他不知道该答什么,便一直说:"我什么都不知道。我不知道为什么被带到这里。我根本不知道包裹的事。我从没去过村长家。"

然而,他们带来了目击证人,其中一位正是卫队队长本人。一位证人说,他曾看见加拉尔从村长家的后门跑出来。第二位证人说,他确定加拉尔曾经拿着一个小包裹似的东西。第三位证人声称,自己曾在见到加拉尔时喊他的名字,但加拉尔没有回答,反而继续往前跑,直到消失在村长家对面的房子里。卫队队长是最后开口的目击证人,他说自己一直非常敬重加拉尔,因为加拉尔为保卫祖先的土地而参军作战。他一直觉得自己能信任加拉尔。然而有些事引起了他的注意,鉴于这个状况,他不得不搜查加拉尔的居所。卫队队长停了一下,又说,加拉尔是第一次偷东西,可能因为他欠了政府一大笔税,必须得还一部分债,否则,政府就会按照惯例采取措施了。除此之外，卫队队长想不出还会有什么原因把加拉尔逼到这份上。

显然，卫队队长知道跟警方打交道时该说什么。他深谙警方的话术，警方也听懂了他的言外之意。

他刚说完，地方法官就转向加拉尔，问道："你有什么要为自己辩护的吗？"

"我完全不知道包裹的事。"他第一百次重复道。汗水从眉毛上滴下来，他茫然四顾，又说："我从没去过村长家。"

然而，他们把他投进了监狱。他发现自己身处一间挤满了人的小房间，几乎无法呼吸或移动。等他的眼睛习惯了黑暗，他开始四下张望。他看到一张张蜡黄的脸，晒得像深色皮革。他们的眼睛又黑又大，用早已认命、不再挣扎的眼神看向他。有一个瞬间，他觉得自己看到了舅舅卡夫拉维的脸，便小声喊道："卡夫拉维舅舅？"

可黑暗中响起了一个声音："孩子，卡夫拉维是谁？"

19

加拉尔被带走时，栽娜卜紧紧地拽着他的胳膊，叫着："别带走我的丈夫，让我跟他一起走吧。"然而，男人们用粗暴有力的大手将她推到一边，把加拉尔赶上了一辆小货车。

整整三天，她一句话也没说，她没去田里，也没牵着水牛脖子上的绳子，让它慢慢跟在自己身后。她甚至没去河里用陶罐汲水，也没煮饭和烤面包。她只是和扎克娅姑姑一起，坐在满是灰尘的门槛上，默默看着那辆载加拉尔去监狱的货车驶过的路。

第三天，她站起来，到牛棚里牵出水牛，带着水牛走出家门。她回来时水牛不见了，胸口藏着几枚用手帕包好的硬币。到家后她蹲在扎克娅姑姑身边，一言不发。

第四天，天刚破晓，她便起床了，独自出了门。她一路走到等巴士的地方，乘着巴士到了巴布埃尔哈迪，向一位路人打听监狱的方向。一路上她一直在找人问路，直到抵达火车站。她搭上一辆火车，下车后走了一段，最后站在了监狱的大门前。可是看门人告诉她，没有书面许可，就不得探监。

她问道："我想探望坐牢的丈夫，要怎么才能拿到许可？"

那人解释了一番，随后她便原路返回，乘火车回了巴布埃尔哈迪，在那里，她搭乘有轨电车，来到一座大楼前面。大楼里塞满了人、桌子和文件。她走进大楼，淹没在人群中。她在楼里一个房间接一个房间地摸索，直到大楼关门。这个过程持续了好几天。她感到自己正在无尽的旅程中不停兜圈。过了一段时间，她的钱花光了。一个好心的男人在出口撞见了她，他会帮助那些有需要的女子去圣栽娜卜寺过夜。但他没有带她去寺里过夜，而是将她带回了家。

从此之后，卡弗埃尔特再也没人听过任何关于栽娜卜的消息。

20

自加拉尔被带走、栽娜卜随他而去后,扎克娅一直坐在门口的土路上,一动不动,一言不发。她盯着黑夜,眼里有可怕的怒火,就像野兽遭到围捕时的怒火。她心中慢慢酝酿着一件事,就像一个念头,就像黑夜中的一颗星星。它时隐时现。她在脑中无垠的黑夜里寻找那颗小星星,就像在棉线团中寻找线头,可它总能逃开。

然而,她脑中的黑夜已不同往日。它变了。她的脑筋也与从前不同了。有什么东西悄悄跑了进来,一个不停闪烁的微小念头。总有一个问题在头骨内低低地响起,一个她从未问过的问题,那个声音不断变大,直到声如洪钟。如果不是加拉尔干的——这一点她很笃定,那么又是谁干的?

她突然记起村长派人来找栽娜卜的那天。那个女孩自从结了婚,便向安拉发誓,再也不会踏进村长家半步。

她跪在礼拜毯上，对他说："我做了您让我做的事。哦，主啊，感谢您治好扎克娅姑姑。如今我已跪拜过安拉与先知，成了别人的合法妻子，我再也不能去那里了。"那天晚上，她听到天上传来一个声音："是的，栽娜卜，你已为人妇，安拉不许你再去那里。"

这个新念头仿佛给了她无与伦比的勇气。世界上再也没有什么力量能说服她去村长家。卫队队长来找她时，她坚持道："不，我不会去的。我不会违逆安拉的旨意，扎赫兰队长。"

"可谁说你去村长家就是违逆安拉的旨意？恰恰相反，是安拉命令你去村长家的，难道不是吗？"扎赫兰队长问道。

"那是在我嫁人之前，"栽娜卜喊道，"现在我已为人妇，安拉不许我去那里了。"

扎克娅坐在老位置上，听着他们的对话。突然，她脑中的黑夜被另一颗小星星点亮。一开始，她什么也没明白，然而她的脑子慢慢转了起来，先是缓缓地转，接着越转越快。她一开始思考，就停不下来。她已经用手指抓到了线头，现在线轴会一直转下去，直到图穷匕见，不管要花多长时间。

很快,另一个问题在她脑中闪过,原本只是一声低低的耳语,后来变得越来越响亮。加拉尔进监狱的那天夜里,栽娜卜睡在姑姑扎克娅身边,突然感到姑姑用拳头猛地推了一下自己。她看向老妇人的眼睛时,脊背上掠过一阵寒战。那双眼睛睁得大大的,里面似乎藏着什么可怕的东西。她听到姑姑用奇怪而嘶哑的嗓音小声喊着:"栽娜卜!栽娜卜!"

她小声应道:"怎么了,姑姑?"

"我以前瞎了,但现在我的眼睛睁开了。"

"您从没瞎过,"栽娜卜看着姑姑的眼神,浑身发抖,"您的眼睛好好的。告诉我,怎么了?"

她一时间以为姑姑又病了,便握住姑姑的手,说:"躺下,请躺下吧,姑姑。您累了。自从加拉尔被带走,您就没合过眼。"

然而姑姑的眼神依然可怕,几近疯狂,她继续用嘶哑的嗓音小声说道:

"我知道是谁干的了。我知道了,栽娜卜。我知道了。"

"是谁？"栽娜卜困惑不解，依然浑身颤抖。

"是安拉，栽娜卜，是安拉。"她的声音十分遥远，仿佛思绪也飘到了远方。

栽娜卜的身体剧烈地颤抖着。她握住姑姑的手，那双手跟冰一样冷。

"快求安拉保佑您吧。去沐浴祈祷吧。那样安拉就会原谅我们，怜悯我们。"

"别这么说，栽娜卜。你什么都不懂，"她突然生气地喊道，"只有我明白。"

21

扎克娅一直瞪大眼睛,蹲在门口,盯着黑夜。如今她从不睡觉,甚至不会闭上眼睛。她的目光穿透黑暗,落在对面村长家的大铁门上。她不知道自己究竟在等什么。不过,她一看到那双蓝眼睛在铁栅栏后出现,就站了起来。她不知道自己为什么要站起来,而不是继续蹲着,也不知道接下来要做什么。不过,她走向牛棚,推开棚门,在牛棚的角落里,看到了那只锄头。她朝着锄头俯下高挑的身体。粗糙的大手里紧紧握着那只锄头,大而平的脚迈出了家门。她停了一下,便穿过小路,走向铁门。村长见她朝自己走来。"一个在我的土地上劳作的妇人。"他想道。他走近她时,见她将锄头高高举到空中。

他没能察觉到锄头落在自己的脑袋上,一下子就把它砸碎了。片刻之前,他曾看向她的眼睛,只看了一眼。

自那以后,他注定再也没法看到、摸到或者知晓任何东西了。

22

　　灰色货车行驶在路上,扎克娅蹲在里面,就跟蹲在自家门口一样。它疾驰在大街小巷,她从未见过这些街巷,甚至从未意识到它们的存在。这个世界与她熟知的那个世界完全不同。从盖住窗户的木头间隙,她看到一条河,跟流经卡弗埃尔特的尼罗河一样,但她觉得这不像尼罗河。货车在一扇大门前停下。她在把自己带来这里的男人的包围下朝前走。他们在她的腕上戴上了手铐。但她乌黑的大眼依然瞪得大大的。她抿紧嘴唇,仿佛什么都不愿意说,或者一个词也记不起了。可旁边的男人会不时看到她咕哝着什么,像在自言自语。她一直小声重复着:"我知道是谁干的。现在我知道是他干的了。"半夜她跟其他女囚一起躺在牢房的地上,眼睛依然瞪得大大的。她睁着眼,盯着黑夜,双唇紧闭。然而,一个囚犯听到她小声咕哝着:"我知道是谁干的。"那个女人好奇地问道:"是谁干的,亲爱的?"

扎克娅答道:"我知道是安拉干的,孩子。"

"他在哪里?"她的狱友叹息道,"他要是在这里,我们可以向他祈祷,请他保佑我们这样的女人。"

"孩子,他在那里。我把他埋在了尼罗河畔。"